# ONE TWO THREE, PUPPET

# 壹貳參，木偶人

宴平樂——著

如果性需要道德，
那愛就是底線，
一旦將木偶人頸圈摘下，
被支配時的記憶就會瞬間遺忘，
而這是一種救贖，
還是一種代價。

# 目次

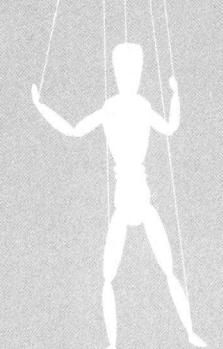

# 序幕

*Prelude*

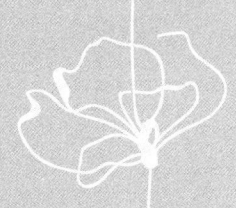

那是一個下著大雨的夜晚，天空的雨水，就好像被人整盆倒下來一般，來來往往的行人都被這突如其來的一場暴雨給打濕了衣服，車站前的街友就跟狗一樣的縮在角落，匆匆而過的行人，幾乎沒有人願意多停留下來看他們一眼。

氤氳的水蒸氣，把整座城市籠罩的宛如蒸籠。

悶熱、厚重、又濕又黏。

一個女孩，沒有打傘，搖搖晃晃、漫無目的地走在車站外的人行道上。

這女孩的脖子上，掛了一個造型特殊的頸圈……或者應該說，是造型非常特殊的「項圈」。

項圈外側，有一圈金色的繡線，繡線上用草體英文繡著「Puppet」。

# 壹貳參，木偶人

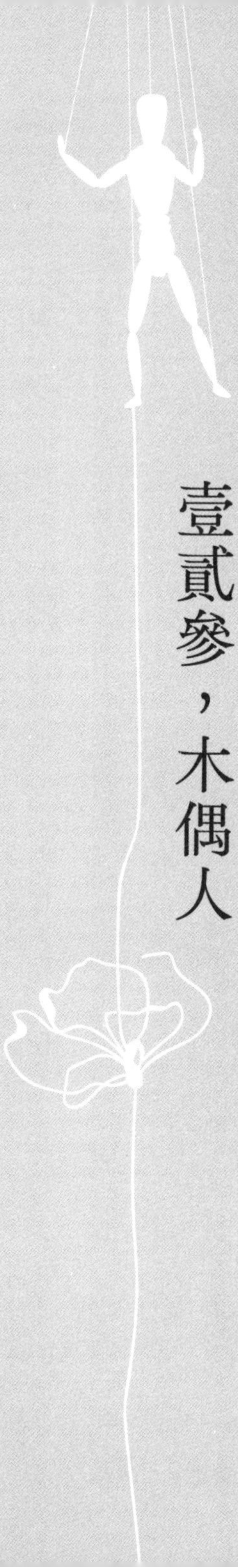

# 1

在車站溼答答的廁所裡，一個身穿黑色西裝，打著領帶的年輕人坐在馬桶上，他把公事包扔在一旁，面無表情的看著眼前被菸蒂燙出坑坑疤疤的塑膠門。

門上，寫滿了援交、外送茶等一大堆雜亂無章的訊息。

這個年輕人咬著牙，右腳不斷抖動，看起來似乎十分焦躁不安，要不是因為他戴著價值不斐的袖扣與一副斯斯文文的眼鏡。

乍看之下，他渾身上下散發著一種彷彿和車站前那些街友相似的氣息。

一個三十歲左右會做這樣打扮的年輕人，加上胸口那條窄版的領帶，很容易讓人先入為主的一眼就推斷他的職業大概是業務員之類。

有可能是賣房子的，有可能是賣保險的，也有可能是經營直銷，甚至是推銷信用卡都有可能，總之一定是個需要打扮門面的職業。

西裝就是戰袍。

突然間，男孩子的手機響了。

雖然年輕人早已經把手機拿在手上，但是看得出來他還是嚇了一跳。

螢幕上顯示著：「木匠。」

年輕人深深吸了一口氣，滑開了手機：「喂……。」

「請問是陳仕鵬嗎？」一個低沉渾厚的男人聲音，從手機裡面響起。

年輕人先是愣了一下，之後回應著：「我是。」

「我現在把匯款帳號給你，請你直接付款，然後你就可以獲得一隻你專屬的木偶。」

說著說著，對方發了一組帳號過來。

陳仕鵬急忙問：「等、等一下……。」

那渾厚的聲音說：「有什麼問題嗎？」

陳仕鵬凝重地看著手機裡面的金額，按下確認付款之前，他還是問著：「我確認一下，所以木偶是一個，貨真價實的女……恩……是一隻……人形等身大小的……『異性』對嗎？」

男人聲音響起：「你想說的是，是一個貨真價實的女性吧？」

陳仕鵬咬牙，沉默著沒回應。

而那個聲音頓了一下之後又重新響起：「你放心，是一個貨真價實，活生生的女孩。」

「活生生的女孩？」陳仕鵬問：「其實我一直都想問，這是買賣人口吧？這樣、這樣不犯法嗎？」

男人沉默了一會兒，接著又說：「買賣人口？你是不是誤會了什麼？」

被男人反問之後，陳仕鵬有點慌張的說：「不是嗎？這……這不是買賣人口嗎？」

男人嚴肅的說著：「請你不要搞錯了，木偶人項圈雖然可以支配木偶所有行動都依照你的命令執行，但是其中有兩個條件是不可逆的，第一、木偶擁有絕對的自由意志，可以隨時將項圈取下，第二、只要木偶取下項圈後，被控制時的一切記憶將自動消失。」

「等、等一下，你說，我買的那個女孩，可以隨時自己決定要不要給我控制？」陳仕鵬瞪大了眼睛，右腳不安的抖動著。

男人的聲音則笑著說：「當然阿，這是一個自由、平等的世界，每一個人都有自由決定使用自己身體的權利，不是嗎？」

「但是、但是……這樣到底有什麼意義？怎麼有人會自願給別人控制阿……。」陳仕鵬提高了音調。

然而那個男人的語氣卻透著興奮與激動：「這不就是有趣的地方嗎？」

陳仕鵬皺起眉頭，看著手機上的匯款按鈕，猶豫了許久，而電話那一頭則是陷入一陣沉默，似乎不打算再回應陳仕鵬的問題。

過了一會兒，陳仕鵬終於按下手中的匯款按鈕。

一大筆金額直接從他的帳戶中消失。

他雖然有點後悔的想按上一步取消，但是已經來不及了。

匯出去的錢就是匯出去了，正常的買賣關係，收錢的那一方，也不會管這筆錢是從哪裡來的。

男人依舊沉穩的說：「好的，確認匯款已收到。」

陳仕鵬趕快問：「我最後問一下，這不是詐騙對嗎？」

「呵呵，你可以自己確認，祝你玩得愉快。」

話說完，一個大約手機形狀大小的盒子，從廁所底下被塞了過來。

陳仕鵬嚇了一跳，他愣了一下之後，馬上打開廁所門，然後他就看到一個身材魁梧，穿著連身帽T、墨綠色工作褲的男人，這男人的帽子遮蔽了他半張臉，躲在陰暗處的目光，宛如一隻陰溝中的老鼠，特別是當這男人跟陳仕鵬對眼的瞬間，他馬上轉身消失在車站人來人往的人潮中，脖子上那類似「辮子」的刺青，就像是這老鼠露出的尖牙。

對於這個男人，陳仕鵬當然有著滿肚子的疑惑。

不僅僅是他所購買的東西，還包括這個賣家本身的資訊，在網路上跟他接洽的明明是個女生，怎麼交貨的卻變成男的，還有那產品本身號稱只要像藍芽一樣取得一對一的配對權，就可以控制人類的功能等等。

但是對於這些困惑來說，更讓陳仕鵬感到荒謬的是躺在廁所裡的那個小方盒。

盒子裡，是一支嶄新的手機。

是一支他連看都沒看過，似乎不存在市面上任何一個廠牌中型號的手機，而在這支手機裡面只有一個ＡＰＰ程式，程式寫著《壹貳參，木偶人》。

陳仕鵬困惑的看著這個ＡＰＰ程式，突然他放在口袋裡面的手機也響了。

「哭爸。」看到來電顯示的號碼之後，陳仕鵬罵了一句，隨後他就重新躲回廁所內。

當他一滑開手機的螢幕鎖，就聽到電話那頭傳來大聲的臭罵：「陳仕鵬，你給我搞什麼東西，我下午說什麼，你們發完了ＤＭ，就給我回來，幹，你他媽聽不懂人話嗎？為什麼整組人的傳單都發完了，就你的還沒有？怎樣？我的話都不用鳥了是不是阿？」

「對、對，老闆，喔，不對、不對，是我現在在客戶這裡。」陳仕鵬壓低聲音窘迫的解釋著。

聽到「客戶」兩個字，電話那一頭突然一陣安靜，大約一秒之後，那個聲音就冷冷的說：「好，你敢跟我說你在客戶那裡，明天我最好看到你把單子給我簽回來。」

陳仕鵬唯唯諾諾的抗議著：「可是、可是，哪……哪有人第一次當場就Close的，陳主任他們也都是……。」

話沒說完，電話那一頭已經用冰冷且不耐煩的語氣打斷他：「可以，那至少要送建議書，這不過分吧？」

陳仕鵬抓抓頭，有點為難的說：「嗯……嗯……知道。」

話都沒講完，電話就斷了，扔下一臉無奈的陳仕鵬。

這就是保險業，天大地大，客戶最大，只要有業績，就算是老闆也不能攔著你的保險業。

而陳仕鵬是某知名保險公司的業務員，進公司已經三個月了，除了領公司的保障底薪之外，一張保單都沒簽到，所以老闆給他下了最後通牒，如果這個月月底以前再不報出業績來，他就準備東西收一收滾蛋。

在保險業這一行，有些公司沒有底薪制度，主管自然不太敢對食物鏈最底層的業務代表大小聲，只能任其自生自滅，業務員們愛幹嘛幹嘛，所以有些富太太，有錢有閒在家太無聊，沒事幹就跑去當保險業務員，一來可以有效的杜絕那些打算上門借錢的親朋好友，二來又不用整天待在家中，不但可以給自己一個合理的去處，又能跟老朋友連絡炫耀自己富裕的生活。但是有些公司，為了方便管理，會在開始前幾個月開出高額的底薪，也算是一種激勵業務員的手段，不過如果業務員在領完前幾個月的底薪之後還是沒有業績進帳，所屬主管在評估後，如果認為業務員不適合從事這一行，就會開始給壓力並且適時的逼迫他們自請離職。

就像這時候靠在馬桶水箱上，渾身上下的自信心已經被逼到臨界點的陳仕鵬一樣，他顯然屬於後者。

「叩、叩、叩。」

突然門外傳來一陣急促的敲門聲。

「年輕人，你快一點啦，不要在裡面講電話，外面有人排隊耶。」

「碰。」陳仕鵬狠狠的踹了門板，扯開嗓門怒吼：「恁老師哩，哭爸喔，恁杯便祕，去別間啦。」

吼完之後外面一陣沉默，伴隨著一個急促的腳步聲快速走開。

聽到外面的腳步聲離開，陳仕鵬頹廢的看著天花板，然後他看了看手上那支花了一大筆錢，買到內建只有一個ＡＰＰ，不知道是不是被詐騙的手機。

他按下了撥出按鍵。

結果電話通了。

車站外的人行道上，那個在大雨滂沱中站在天橋上，搖搖晃晃的女孩脖子上造型特殊，窄版細細，宛如黑色皮帶般的頸圈突然亮起微弱的光芒。

女孩先是愣了一下，接著她按住項圈前面，那金屬鐵環下方的一塊小小的鐵片，接著她就說：「喂……。」

電話裡傳來了陳仕鵬的聲音：「是……是我的木偶玩具嗎？」

女孩的表情瞬間沉下去，伴隨著一點慌張與訝異還有不知所措的凝視著前方。

雨水把女孩的全身都淋溼了。

她乾淨白皙的額頭，細細的眉毛，微微蹙起。

「你是誰？為什麼會有這支手機？」女孩問著。

而這一瞬間，陳仕鵬在心裡大概罵自己愚蠢罵了一百萬次，怎麼會相信有什麼木偶人這種事情。

陳仕鵬有點無奈的說：「抱、抱歉……我應該是打錯了……？」

道完歉後，陳仕鵬以為對方大概會直接掛電話，然後他就可以宣判自己愚蠢的被詐騙了一大筆錢。

但是沒想到女孩依然保持著通話的狀態，似乎在等陳仕鵬接著往下說。

陳仕鵬小心翼翼地開口：「其實我是在網路上買這支手機的，賣家說擁有這支手機就可以控制專屬的木偶人……抱歉，聽起來很蠢，對吧？」

女孩沉默著。

雨水打在她身上。

她白皙無瑕的上衣，變得有點透明。

來來往往的人，都不由自主的把目光投向女孩那若隱若現的內衣肩帶上。

女孩淡淡的問：「所以你到底想說什麼？」

陳仕鵬深吸一口氣，壯起膽子問：「……妳是我的木偶人嗎？」

電話裡面，一陣安靜。

也不知道過了多久之後，那個女孩用一種非常乾澀的聲音說：「是……。」

頓時間，陳仕鵬愣住。

下一秒，外面突然傳來一個聲音：「少年的，你喜歡蹲廁所是不是，我就讓你蹲個高興啦。」

話一講完，公共廁所的上面，突然一大盆冰冷的自來水被潑進來。

「嘩啦。」

陳仕鵬連躲的機會都沒有，直接就被這盆冷水給淋得全身濕透。

## 2

車站內的美食廣場。

一個空蕩蕩的桌上，平整的擺了兩份空白要保書。

陳仕鵬沒空管自己是不是全身溼透，更沒空去找外面剛剛潑他水的陌生人，他用車站的烘手機，努力把自己褲子烘乾了一點點之後，就急急忙忙跑到這裡來。

平日車站下午的美食廣場，說不上人聲鼎沸，三三兩兩的旅人，有人悠閒的坐著喝咖啡等待時間，有人則是行色匆匆的奔走。

陳仕鵬躲在角落，看著前方十公尺處的空桌，以及被他擺在桌上的要保書。

他怕位置被坐走，所以特地把自己的公事包放在上面占位置。

就在這時候，那名剛剛在天橋上漫步的女孩走了過來。

女孩緩緩把公事包挪開，坐下了。

陳仕鵬坐的離她不遠不近，保持眼角餘光能夠偷偷瞄到這女孩的距離。

這女孩身材纖瘦高䠷，有著一雙大大的眼睛，還有豐滿的嘴唇、纖細的腰肢正好凸顯她穠纖合度的翹臀，穿著一身純白色的襯衫，背著卡其色小包包，雖然打扮得很成熟，但是臉上些許稚氣未脫的模樣，讓人一眼就能認出來，這應該是一名剛上大學沒多久，正值花樣年華的十八、十九歲少女。

其實光是從樓下的廁所到美食廣場，陳仕鵬已經無數次幻想過這女孩的樣子，只是當他真正看到這女孩的時候，女孩的美麗，更是直接超越了他的幻想。

這世界上最讓人興奮的事情，莫過於可以控制一名漂亮的女孩，而比這更令人感到刺激的，是這女孩在明，你在暗。

「我到了，你呢？」女孩拿起手機就說。

陳仕鵬小心翼翼的把那支不知道什麼型號的手機拿到嘴邊說：「拿起筆，在要保書上簽名。」

女孩有點不可思議的看著面前桌上的兩張空白要保書：「買保險？你要我買保險？」

陳仕鵬乾咳兩聲，接著說：「當、當然不只，我要妳想辦法去弄五萬塊的保費給我。」

這個命令，讓女孩面露難色：「我……我只是大學生，哪有錢啦。」

陳仕鵬有點不悅的說：「賣家說，木偶人將無條件執行主人的命令，如果妳不願意，把項圈摘下來阿。」

女孩沒想到陳仕鵬的態度這麼強硬，她只是愣了一下，沒有立刻伸手去摘項圈。

陳仕鵬則是趕快補充：「唉唷，保險真的不是壞東西，越早保對妳越好，趁妳現在年輕，需要繳的保費也比較少，不但能夠隱藏資產，也可以做儲蓄規劃阿。」

他幾乎把這三個月以來在通訊處學到的話術都用上了。

女孩只是眉頭深鎖，盯著桌上荒唐的要保書。

陳仕鵬馬上又補充著：「而且現在買保險其實有契約撤銷期，只要妳不願意，拿到保單的十天之內，隨時可以無條件撤銷……唉，該不會其實妳是跟賣家串通好的？不對，我在說什麼，我怎麼白癡到相信有木偶人這種事情啊。」

女孩只是有點詫異地看著面前的空白要保書，仍然遲遲不肯簽名。

陳仕鵬無奈的嘆了一口氣：「媽的，沒業績就沒業績，我到底是哪顆頭殼壞掉。」

突然，女孩緩緩地說：「大……大叔，你是大叔對吧？你該不會是詐騙集團吧？」

不管是從外表來看，還是實際上的年齡，其實剛剛退伍的陳仕鵬跟這女孩相差不了多少歲。

真的要說，頂多叫一聲大哥，絕對不到大叔的等級。

但是現在是大哥還是大叔已經不是重點了，陳仕鵬噗哧一聲笑了：「小姐，是我在網路上買了這東西耶，要說詐騙，我才是被騙的那個吧，妳根本是跟賣家合夥起來騙人的吧？而且妳看要保書上的公司抬頭，這是真的要保書啦，保險這東西沒有不好的，就算被詐騙也是一種投資理財好嗎……。」

女孩嘆了一口氣，接著就看她舉起手，然後拿起桌上的筆，飛快的在要保書上簽下名字。

這女孩叫做「周筱薔」。

陳仕鵬有點不可思議的瞪大了眼睛看著。

執行完命令以後，周筱薔抬頭東張西望，彷彿在找下達命令的人到底是誰。

陳仕鵬心虛地低下頭。

然後那支沒有型號的手機裡面就傳來周筱薔的聲音：「大叔，你的命令我完成了，現在可以把手機還給我嗎？」

陳仕鵬不可思議又困惑的問：「妳……妳真的要聽從命令？」

周筱薔仍然東張西望著：「是的，木偶要抗拒主人的命令，只有一個辦法就是摘下項圈，賣你手機的人不是已經跟你說得很清楚了嗎，為什麼還要問？」

陳仕鵬拚命壓低身體就怕被認出來。

其實車站的美食廣場人來人往，他完全不用擔心會被看到。

但是人性就是如此，做賊的，特別怕遇到警察。

陳仕鵬又問：「那既然可以拒絕，為什麼妳不拒絕？」

周筱薔非常認真的說：「因為你的命令給我感覺你不像是壞人，我不知道賣你手機的人有沒有跟你說，把項圈摘下來會有副作用，但我不想忘記跟我男友的記憶，如果可以，我想拿回我的手機，好嗎？」

陳仕鵬看著手上著手機，然後他淡淡的說：「男友？既然妳的男友把這個賣給我，那應該表示他已經不要妳了吧。」

「你胡說！」周筱薔激動地喊著。

頓時間，美食街上來來往往的旅客，或多或少都把眼光投向這名女孩。

周筱薔趕快撥了撥瀏海，又重新坐下來，然後小聲地反駁：「我男朋友不可能不要我，他只是……只是……。」

陳仕鵬腦海裡浮現那個脖子上有辮子刺青的男人，接著他嘆了一口氣：「唉，算了啦，男人都是這樣的。」

「不一樣，他不一樣……」周筱薔還是賣力的反駁著。

或許是因為不想再惹人注目，也或許是連她自己也不相信自己的想法，原本堅定的語氣，變得有些猶豫。

陳仕鵬也不想跟這女孩繼續爭論下去，反正要保書已經到手了，他只需要先收回來，明天進通訊處就可以交差了。

「妳可以回去了……。」陳仕鵬說著。

周筱蕾脖子上的木偶人項圈再度閃爍著幽暗的光芒，她人雖然站起來，卻還是問著：「那我的手機呢？」

陳仕鵬低著頭吃飯，然後看周筱蕾身不由己地慢慢遠離座位之後，他笑著說：「除非妳把項圈摘下來，不然這是我花了這麼多錢買的，當然是屬於我的東西阿。」

周筱蕾沒回應，只是東張西望著穿過陳仕鵬身旁。

但是就算她跟陳仕鵬擦身而過，她也不知道此時此刻控制著她的男人，就坐在距離她不到十公尺的座位區。

然而就在這時候陳仕鵬口袋裡的手機又響了。

周筱蕾似乎被陳仕鵬的手機鈴聲嚇到，當下回頭望了他一眼。

陳仕鵬則是馬上把那支沒有型號的手機塞進西裝內袋中，然後接起自己的電話，別開頭閃躲周筱蕾的目光：「喂？老婆、老婆嗎？」

電話那一頭傳來一個甜美的女人聲音：「老公，你在哪裡？今天會回來吃飯嗎？」

陳仕鵬歪著頭，刻意不壓低音量的說：「不會，唉唷，我們那個老闆有夠機車的，今天又要加班啦，妳不要等我吃晚餐，先吃吧。」

「喔，好吧，那你不要太晚回來。」電話裡傳來甜美的聲音。

陳仕鵬匆匆忙忙掛掉電話：「恩，知道了。」

當陳仕鵬掛電話的那一瞬間，周筱薔正好和他四目相交。

宛如貓抓老鼠一般的緊張心情在陳仕鵬心裡蔓延。

但是當周筱薔帶著困惑眼神看了陳仕鵬一眼，並且走過他身旁的時候，陳仕鵬則是故作鎮定的把手機收回口袋，繼續低頭吃東西。

周筱薔狐疑的往前走下美食街的樓梯。

「呼。」眼睜睜看著周筱薔走出美食廣場之後。

陳仕鵬走到剛剛她的位置上，拿起了兩張簽好名字，填好所有身分資料的要保書。

這是陳仕鵬收到的第一份保單，他的雙手冒汗，肌肉興奮地顫抖。

別人收保單都是嘻皮笑臉，只有他，收一張單子收的膽戰心驚。

不過一想到這可不是什麼建議書，這是要保書，是貨真價實能夠拿進通訊處報帳算業績的玩意兒。

而且還是透過陌生拜訪，一次搞定，當場Close的業績，這可是無論混跡保險業多少年的老屁股都不見得能辦到的事情。

明天通訊處晨會上，處經理、區經理的表情肯定非常精彩。

一想到這裡，陳仕鵬的嘴角，壓不住的揚起笑容。

而那個叫做周筱薔的女孩，則是一路走著自己每天熟悉的路，轉進小巷子後，拖著疲憊的身軀，回到自己的學生租屋宿舍。

宿舍裡堆滿了東西。

除了她的書本、書桌及女生用品之外，還有許多男性的用品。

周筱薔想著，如果這些物品有思想，它們會不會知道自己的主人已經不會再回來了。

「唉。」周筱薔嘆了一口氣，最後雙眼空洞的走到書架旁拿出一本字典，手一揚，字典裡灑落了十萬塊的千元大鈔。

這本來是她跟男友一起存，打算畢業之後當作結婚基金所用的，但是現在看來是用不上了。

周筱薔癱坐在地上，落下淚水。

## 3

那是一棟精緻、美輪美奐的獨棟小宅。

小宅之所以稱為小宅，絕對不是因為它很小，而是因為跟都市的高樓大廈比起來，它的建築物本體不高，但是以空間來看，這屋子是獨棟的，而且前有庭院，後有山坡，如果和城市裡的居住空間相比，這裡絕對不小。

儘管不是城市的蛋黃區，地價應該不會太高，但是從這小宅的裝潢來看，肯定也花去主人不少心血。

大雨滂沱的夜。

吳建一站在小宅的鐵門外，雨水打在他那厚實且寬敞的精壯肩膀上。

鐵門開了。

一個女人站在門廊下。

這女人穿了一身性感且暴露的睡衣，雖然臉上看起來有一些歲月風霜與痕跡，但是因為她身材保養得宜，從脖子以下，幾乎沒有一絲贅肉，纖細的腰也沒有因為歲月的痕跡而有所鬆弛，白皙又緊實的肌膚，也還是能輕易勾引出雄性的荷爾蒙。

女人，把一條和周筱薔脖子上一樣的木偶人項圈扔在大雨滂沱的草皮上。

皮製項圈，後方扣帶寫有英文，前方有一小塊金屬製的鐵板，估計這鐵板就是用來接收訊號的，而鐵板上有個象徵性的小扣環，方便掛牽繩使用。

吳建一走進院子。

女人表情不滿的搖搖頭。

吳建一當即停下腳步，他毫不猶豫脫去自己的衣服，上衣、褲子……還有內褲，直到一絲不掛為止。

精壯且厚實的胸肌、緊實的腹肌，渾身上下充滿了力道的二頭肌與大腿肌在雨水中被拍打著。但是最能吸引這女人目光的，還是吳建一人魚線盡頭，那兩條大腿中間堅挺的青春洋溢。

光滑白皙，一根毛髮都沒有的兩胯中間，在女人睥睨的目光下，緩緩昂起，並且壯碩、青筋橫布。

冰冷的雨水澆灌，竟然還能保有這樣純粹雄性的昂然戰意，果然年輕就是本錢。

女人笑著指了指地板。

吳建一跪下，毫不猶豫。

他慢慢的爬過來，撿起了地上的項圈，凝視著。

女人淡淡的說：「想清楚了，我不喜歡勉強人，也不喜歡見到以後哭哭啼啼說自己後悔的場面。」

吳建一深吸一口氣，慢慢把這項圈戴在自己脖子上，繫緊，然後一步一步慢慢地爬進門廊，女人露出滿意卻又不屑的神情。

這女人的一顰一笑，都深深牽動著吳建一，甚至等他爬到女人腳邊的時候，這女人拿出一條牽繩，掛在吳建一脖子的項圈上。

這一瞬間，吳建一那有稜有角的帥氣臉龐，出現了一絲前所未有的安心感。

女人就像在牽條家犬那樣，拉拉牽繩，把吳建一牽進了宅子。

只是沒想到一進客廳。

吳建一看到沙發上坐了一個男人。

一個身穿居家服，脖子上，有著一條類似「辮子刺青」的男人，翹起二郎腿，直接靠在沙發上看電視。

吳建一大概沒想到屋子裡竟然有別的男人，他嚇得急忙縮起身體，雙手抱著自己下面那昂然巨物。

對於吳建一的反應，女人顯得非常不悅，她拿出一支「沒有型號的手機」。

「遮什麼遮，趴好。」女人下令。

吳建一脖子上的木偶人項圈，發出幽微的光芒之後，他的身體就像被一股巨大的力量牽引，然後直接重新趴回去，臣服在女人腳邊。

男人笑著站起來，他脫去自己的居家服。

吳建一看清楚了，原來那不是一條辮子，而是一隻蠍子高高昂起的尾巴。

那一瞬間，吳建一有種感覺，這個男人，非常危險，說不出來的危險。

女人笑著對男人說：「順子，你看這隻新玩具可以嗎？」

叫做順子的男人看起來並不年輕了，雖然他的鬢角還沒有花白、法令紋也還不夠深邃，但是從那老練的目光可以看出來，這男人絕對超過四十歲了。

順子蹲下來，伸出那粗糙的手，慢慢地觸摸著吳建一的身體。

就像在摸一條狗，一條剛剛被牽進來的大型犬。

吳建一低著頭，咬著牙，什麼話都沒說，任由順子的手，緩緩從他的二頭肌到背肌，再從屁股一路滑進囊袋。

碩大的手掌，輕易地抓住吳建一那柔軟的肉袋子，男人最脆弱的地方。

吳建一眉頭深鎖，忍受著被同性觸摸的不悅感。

順子最後鬆開吳建一問著：「聽話嗎？」

女人聳聳肩，點了一根細長的香菸，然後把手中那支沒有型號手機拿給順子：「試試嘍。」

吳建一抬頭，不可置信的看著女人，竟然把控制自己項圈的手機交給了別人，而且還是個陌生的男人。

吳建一喉嚨苦澀的發出聲音：「倩、倩姐，妳要把我……把我給別人嗎？」

順子看了看倩姐，一副「這就是妳所謂的好寵物？」那種質疑眼光。

倩姐大概也沒想到吳建一竟然敢質疑她的作法，非常不悅的靠在順子身旁，對準了手機說：「趴在地上，屁股翹高。」

吳建一本來就趴在地上，聽到這個命令之後，滿臉通紅的把上半身，緊貼在冰冷的地磚上，然後大腿膝蓋跪著，屁股高高翹起。

倩姐拿起掛在牆上的皮拍板。

「啪！」

狠狠的一下就拍在吳建一屁股上。

吳建一咬牙忍受著。

倩姐問：「現在還有意見嗎？」

吳建一歪著臉說：「我……我只想當倩姐一個人的寵物。」

「啪！」

皮拍板又是一下打落。

吳建一滿臉通紅，卻緊閉著嘴唇。

倩姐把自己塗滿了紅色指甲油的右腳大拇指塞到吳建一面前，接著她下令：「舔。」

吳建一咬著牙，別開了臉，似乎在對倩姐表示抗議，也似乎是在努力保有自己最後一絲的尊嚴。

順子冷笑著把手中的手機，扔給倩姐：「看來還是需要再調教，妳需要這個吧。」

倩姐接過手機後，咬牙切齒的對著手機說：「給我舔。」

這次吳建一不再抗拒，馬上把嘴巴湊過去，拚命吸吮著倩姐的腳趾。

最後倩姐有點不高興的說：「掰開。」

吳建一的臉，頓時間紅了。

然而他依然沒有抗拒，只是雙手努力的伸到後面，抓著自己的兩邊屁股，左右拉開，美麗又漂亮的皺褶，就這樣毫無保留的嶄露在倩姐與順子面前。

看著吳建一這個渾身肌肉的大男孩做出這麼讓人不堪入目的動作之後，倩姐對順子說：

「怎麼樣？做到這個程度可以了吧，你如果想要，可以直接進入他的身體，沒有比這個更順從的了吧？」

但是順子卻冷笑著：「只是這樣就叫順從嗎？我對妳的寵物沒興趣，更何況我們要做的事，不容許有一點差錯，林倩倩，在我看來，妳才應該示範給他看，什麼叫做一隻合格的寵物。」

聽到順子這樣說，倩姐吞了一口口水，手中皮拍板掉在地上。

順子慢慢舉起手，用自己的手指，摸了摸林倩倩的嘴唇，直接而霸道的對著林倩倩下令：「跪下，爬過來。」

林倩倩看著吳建一，她的臉上，出現了一絲紅暈，最後深吸一口氣：「建一，你好好的看著，怎麼樣才是一隻能讓討主人高興的寵物，我只示範一次。」

話說完，林倩倩跪下，乖順的用嘴巴咬起皮拍板爬向李成順，並且努力拉長脖子，讓李成順接過那枝皮拍板，那一瞬間吳建一的眼神中，閃爍著不可思議的神色。

# 4

「老公，回來啦？」蘇晴的聲音在廚房響起。

這是陳仕鵬的家，一個約莫四十五坪大的社區大樓，地下室的車庫裡停了一台高級的四人座豪華保母車，只是這輛車他們並不常開，對外蘇晴都說因為開車、騎車都不環保，所以為了讓陳仕鵬上班方便搭捷運，這房子緊鄰捷運站，鬧中取靜，而他們只有在假日出遊才會開這輛車子。

但是其實這是蘇晴的父親蘇建斌買給陳仕鵬的，蘇建斌是晴陽建設董事長，腰纏萬貫的大老闆，為了羞辱拐走他掌上明珠的窮小子，刻意買了一輛保母車給陳仕鵬，這輛車子前後座，甚至可以完全分開讓後座擁有獨立活動空間。

原本陳仕鵬和蘇晴不了解蘇建斌怎麼會突然這麼大發慈悲，竟然送了一台移動豪宅過來，直到後來有一次，蘇媽媽坐後座，蘇晴到後座陪伴母親，蘇媽媽直接把前後座之間的隔板關上，然後對蘇晴說，一但蘇晴懷孕生子，就可以直接坐在後座陪伴孩子。

那一刻陳仕鵬不管有多遲鈍都明白了，原來蘇建斌的用意，就是要讓他成為貨真價實的司機。

這裡的房子一坪最少要價百萬，加上室內裝潢成現代化的風格又花了不少錢，陳仕鵬那微薄的薪水跟枯井般的存款，根本幫不上什麼忙，這就是現實的差距，選擇比努力更重要，投胎比選擇更重要。

要不是蘇晴跟他在大學時代就偷偷公證結婚，蘇建斌根本不可能同意這門婚事，畢竟他一年的薪水大概只能買這個家的兩塊地磚。

地磚，也是義大利進口的，除了整體一致的雪白透明鏡面之外，每塊地磚的吸水力也都非常優秀，甚至地磚的後面也都有原裝進口的製造商與進口商商標保證，只要有任何問題，一律到府服務，一般尋常人家，根本用不起這樣的地磚。

更不要說那一體性的沙發與桌子。

陳仕鵬始終弄不明白，這個世界上為什麼會有要價五十萬的桌子？而且還有人願意買。

特別是當蘇媽媽用她那塗了指甲油，看起來一點都不高級的手指，輕捏著桌腳然後說：

「這桌子的用料很特殊，不小心踢到都不會覺得痛。」

然後露出驕傲的笑聲時，陳仕鵬對她老婆的娘家，幾乎可以說厭惡到了極點。

儘管蘇晴一直說不要有壓力，但是陳仕鵬還是悶悶不樂，每次只要到了蘇晴要回娘家的日子，陳仕鵬總是想盡辦法故意推託要加班不肯一起回去。

陳仕鵬跟蘇晴溝通過不只一次，能不能不要每個月都挑一天回娘家日，如果真的要這樣也沒關係，蘇晴就自己回去，他實在不想回去聽岳父、岳母對自己父母親的那些酸言酸語。

不過蘇晴總是說，夫妻就是一體的，這是兩個家庭的結合，不是兩個人的事情，要努力就是一起努力，如果他真的不想一起回去的話，那就是不想經營這段夫妻關係了。

陳仕鵬也想過，在「孩子」的事情上蘇晴已經妥協，回娘家的事情上只好順著她一些。

那是他們兩個在大學時候的事情了。

某一年冬天很冷，他們當學生的時候就在一起，而且同居在學校外面。

陳仕鵬跟蘇晴縮在一條棉被窩裡，彼此耳鬢廝磨的點上了火，偏偏兩個人硬是不肯下床拿保險套，在被窩裡面你推我擠，最後陳仕鵬打鬧著脫了蘇晴的內褲，蘇晴半推半就的被他給上了，那大概也是陳仕鵬跟蘇晴這十多年的相處以來最爺們的一次了吧。

有些人求爺爺告奶奶，燒香拜佛想要個孩子一直求不到，他們兩個好死不死一次就中。

蘇晴的家境優渥，本來興奮的想要直接跟父親說這個消息。

但是冷靜下來思考，並跟陳仕鵬討論之後，發現如果被蘇建斌知道他們兩個搞出了人命，恐怕會留小的不要大的，而且陳仕鵬看起來也沒有很想要這個孩子。

蘇晴探了陳仕鵬幾次口風，陳仕鵬總是含糊帶過，後來蘇晴就自作主張把孩子給拿掉了。

陳仕鵬下課之後，蘇晴非常堅強的笑著跟陳仕鵬說不要擔心，她已經把孩子拿掉，這次就當個美麗的誤會，反正他們還年輕，將來有的是機會。

聽完蘇晴的話之後，陳仕鵬衝上去摟著她，根本一句話都講不出來，蘇晴就是一個這樣的女孩，如果可以扛就什麼都自己扛著，不管背後多麼傷痕累累，還是要把笑容留給眼前男孩子的個性。

也就是那一次開始，陳仕鵬不只對蘇晴格外的好，不管什麼都以蘇晴為最優先，他們兩個甚至瞞天過海，到戶政事務所公證結婚。

就這樣十多個年頭彈指飛逝，一直到現在他們彷彿被詛咒了一樣，懷不上小孩就是懷不上，不管他們兩個有多賣力交功課都沒用，甚至現在做愛完，蘇晴還誇張的靠著牆壁抬腿，就為了能讓陳仕鵬的體液在溫暖的子宮多留一會兒，偏偏每個月的月經就是彷彿在嘲笑他們一般的準時報到。

陳仕鵬拉開了領帶，一身疲憊的攤坐在椅子上。

穿著圍裙，綁了低馬尾的蘇晴過來接走他的公事包，並且脫掉他的西裝外套貼心的問著：

「今天累嗎？」

「累。」陳仕鵬吐出一口氣。

蘇晴訝異的問：「你的外套好濕耶，老公，今天有淋到雨嗎？」

「恩，有阿，淋了不少，我還以為已經乾了。」

蘇晴摸著西裝外套的袖口：「哪裡乾了，你自己摸，這裡都還是濕的。」

陳仕鵬突然把蘇晴拉過來。

蘇晴嚇了一跳，跌坐在陳仕鵬的大腿上：「怎、怎麼了？」

陳仕鵬笑著說：「沒什麼，就是覺得妳今天好漂亮，想親妳一下。」

蘇晴嬌羞的笑著躲開，因為煮飯的關係，她穿了一件圍裙，一頭黑長直的漂亮秀髮隨便拉到後面綁起來，脖子是那樣的白皙，一雙手雖然不漂亮，但是卻可以感覺出來又要上班又要操持家務的辛勞。

大大的眼睛，深邃的五官，給人一種反正鄰家女孩、賢妻良母這一類乖乖牌的形容詞，有多少通通拿來套在蘇晴身上大概就是她的人生了。

*5*

剛洗完澡出來的陳仕鵬拿吹風機吹乾了頭髮。

蘇晴把腳抬到牆壁上，整個人倒過來，為了小腿的緊實，每天晚上抬腳是必要的功課：「你今天怎麼感覺心情特別好？」

陳仕鵬也躺在床上，他倆夫妻身體一人躺一邊，但是頭卻靠在對方身旁：「還記得我跟妳說的主管嗎？」

「恩，記得阿，趙叔，我爸的好朋友，你們通訊處的經理對吧？他人很好的。」

陳仕鵬冷冷的別開臉：「好個屁，趙胖子常常喜歡笑我，我記得已經對妳說過不只一次了，我不喜歡這個人。」

「唉呀，其實他只是關心你，趙叔那個人就是那樣。」蘇晴看陳仕鵬的表情有點垮，連忙轉移話題：「不重要啦，重點是你要說什麼？為什麼心情好？」

只是關心嗎？

想起下午在車站廁所裡，趙經理在電話裡面對自己大吼大叫，還威脅他如果收不到單子就不要回來的語氣，這真的是關心嗎？

或許是吧，成人世界的關心就是這樣，關心跟業績的多寡成正比關係，業績越少，關心越多，最好主管都不要關心，這樣主管輕鬆，業代也輕鬆。

陳仕鵬努力的把思緒拉回來：「喔，對，我要跟妳說，我今天收到保單了。」

「真的？」蘇晴興奮的坐起來，並且抓著陳仕鵬的手。

陳仕鵬點點頭，非常滿意的昂起脖子，一臉得意的模樣：「而且是在車站隨機的陌生拜訪，雖然對象是一個女大學生，但是她很有保險觀念，當場就簽了要保書。」

「真的嗎？老公，你好厲害。」蘇晴興奮的拍手，流露出一種崇拜的眼神看著丈夫。

陳仕鵬一臉志得意滿的模樣：「明天進通訊處，我就要看趙胖子會有什麼嘴臉。」

「疑，老公，那保費收了嗎？」蘇晴提醒著。

「當然還沒有，唉唷，她沒帶這麼多錢在身上啦，我跟她約了明天在車站碰頭，她會把費用給我。」

「連訂金也沒有嗎？」

「沒有阿，妳不用擔心啦，總之她不會放我鴿子。」

「老公，你應該先收訂金，要保書這種東西一點法律效力都沒有，簽了約不給錢你也不能拿她怎麼樣，而且說不定她今天回家，她的家人反對，那你的單子不就……。」

話沒講完，陳仕鵬就不高興的提高音調：「不可能，我說了不可能，她明天一定會把錢給我。」

蘇晴被兇的有點不知所措：「我只是說一下，你不用這麼兇吧。」

「我哪有兇，我明明就說了，不可能，明天一定可以收到錢。」陳仕鵬站起來，也不管有沒有穿衣服，直接走到梳妝檯邊：「妳跟妳爸都一樣，就是不相信我可以。」

「我哪有，我只是跟你說應該怎麼做會比較好。」蘇晴有點急了。

不講還沒事，一聽到這句話的陳仕鵬馬上冷冷的穿上褲子：「那到底為什麼怎麼做比較好，都是你們說了算？」

說完後，陳仕鵬用力捏扁了空的香菸盒，接著就套上一件背心。

蘇晴緊張的問：「你做什麼？」

陳仕鵬沒什麼好口氣：「我想抽菸，菸沒了，出去買，這樣可以嗎？」

「你不是答應過我戒菸？」

陳仕鵬拿了鑰匙冷冷的說：「明天就戒。」

「明天？所以、所以你現在的意思就是要跟我說，你打算在深夜十一點半的現在，把我一個人扔在家？」

陳仕鵬沒講話，只是打開門。

蘇晴語氣一沉說著：「你說出去就出去，那今天從帳戶裡面轉錢的時候，為什麼沒有問過我？」

陳仕鵬愣了一下，想起了口袋裡的那支手機，轉頭看著蘇晴時表情從訝異轉為憤怒：「不是妳說我如果有需要，想用就用嗎？所以現在我用帳戶裡面的錢要跟妳報備是嗎？」

「不是，我不是這個意思。」蘇晴連忙搖頭。

但是陳仕鵬已經轉身出去。

「老公……。」

蘇晴很好，好的沒話說，但是她太溫柔了，事無鉅細通通要管，尤其是對陳仕鵬的事情，她更是能夠無微不至的照顧到天衣無縫，這樣的女孩偶爾還能夠到她父親的公司處理事情幫忙應付客戶，簡直可以說是無可挑剔。

但是也就是這樣的無可挑剔，讓陳仕鵬覺得好窒息。

那宛如一張天衣無縫的網朝自己的頭頂蓋下來，自己簡直就是孫悟空，永遠翻不出如來佛的手掌心一般。

從學生時代就這樣，所有陳仕鵬做不到的事情，蘇晴一定可以很漂亮又有效率的完成，所以在晴陽建設股份有限公司裡面，她除了是千金小姐之外，有時候甚至是她老爸的得意助手、隱藏版董事長祕書，對蘇晴的父親來說，陳仕鵬，就是一隻前世不知到燒了什麼好香的癩蛤蟆，今生莫名其妙的被他吃到了天鵝肉。

甚至記得有一次在某公司千金的婚宴上，一大票董事、經理之類角色試圖想灌陳仕鵬酒，結果陳仕鵬脾氣來了說什麼也不肯喝，氣氛搞得有點尷尬，結果蘇晴過來一人一杯，一大罐啤酒就這樣被她給擋掉了。

當然蘇晴的酒量再好，被這麼輪著灌也受不住，那一天夜裡，她是被陳仕鵬扛著回家的，一路上蘇晴吐了三次。在那車水馬龍、燈紅酒綠的城市街頭，蘇晴抱著陳仕鵬的小腿蹲在水溝旁邊吐得不省人事。

陳仕鵬愛蘇晴，畢竟那可是他的妻子。

但是陳仕鵬也不知道自己的這一份愛，到底是愛比較多，還是虧欠比較多，他這輩子唯一一次的喝醉就是在結婚前兩天晚上，他找了三個好朋友，然後瘋狂的灌自己酒並且把自己給醉成一灘爛泥，為了那個還沒出生就夭折的孩子，也為了自己將來一輩子都翻不出如來佛手掌心而哀悼。

結果回家之後他整整起了一個禮拜的酒疹，又紅又癢全身燥熱不堪，坐也不是站也不是，從那一天之後，他就下定決心不再喝酒。

陳仕鵬走掉後，蘇晴無奈的皺起眉頭，然後她的手機就傳來旋律音。

蘇晴看了一眼，是她母親。

蘇晴沒有把電話接起來，只是把手機扔到一旁，自己則躺在柔軟的床鋪上。

電話響了很久之後自動掛斷。

未接來電：七通。

☘

坐在網咖的椅子上，陳仕鵬抽著菸，從褲子的口袋裡摸出那支沒有型號的手機，他不禁問自己，今天一整天，到底都做了些什麼亂七八糟的事情，明明收到了人生中第一份業績，回到家又有漂亮賢慧的老婆等著，但是為什麼反而這麼悶悶不樂的？

陳仕鵬把菸頭甩在地上，用力踩熄了之後就懷疑的看著這支手機：「我到底在想什麼，哪有什麼APP程式可以控制人這種事情，太扯了，我下午根本就做了一場白日夢吧。」

雖然這樣說，但是他仍然打開了手機，看著那唯一的APP程式。

《壹貳參，木偶人》的小圖示，在螢幕中閃爍著。

陳仕鵬點下了APP程式。

這APP程式非常簡單，人機介面上乾淨俐落的有著「打電話」、「對講機」、「留言」三種模式。

打電話支援遠距離撥打，下午在車站陳仕鵬已經試過這個功能，至於其他兩個陳仕鵬都還沒有嘗試過。

就看他按下對講機的按鈕。

APP顯示「木偶人目前不在範圍內。」

「原來對講機功能有範圍限制？」陳仕鵬有點戲謔地說：「那用留言好了……。」

*6*

「幹，媽的，野區不要發呆阿，眼睛都沒插是要打個毛喔。」

語音裡面傳來隊友的謾罵。

陳仕鵬看著螢幕裡面自己的腳色被敵方痛宰，他把麥克風拉過來也吼回去：「哭爸阿，是不能點個菸喔。」

「點你媽的菸啦，沒看到中塔都被推了，你還在點菸。」語音裡面陌生的隊友還在罵。

陳仕鵬大半夜的跟蘇晴起了口角，也是憋著一肚子火沒地方發，上網漫不經心的打著網路遊戲其實也是等著找人發洩，現在正好有人來跟他隔空對嗆，遊戲本身輸贏不是重點，重點是他可以樂的捲起袖子準備跟隊友開幹排遣無聊的深夜。

但是「叮咚」一聲。

一個影片訊息，在木偶人APP裡跳了出來。

陳仕鵬點開訊息，他愣住了。

這影片，是那個叫做周筱薔的女孩發過來的。

影片只有一個角度，是從房間裡面往玄關門口拍攝，稍微由下往上的畫面。

房間很暗，幾乎沒有開燈，但是玄關很亮，可以清楚看到，周筱薔的宿舍就是一般大學生都會承租的小套房。

玄關處，有一個矮矮的兩層鞋櫃，鞋櫃上面，放了一個包包。

周筱薔穿著連身睡衣走到門口。

因為光線很暗的關係，陳仕鵬看不到周筱薔那睡衣底下，到底有沒有內褲或者小短褲，只是若隱若現的看到兩條修長的美腿在畫面中出現。

總之門開了之後，一個外送員站在門口。

周筱薔雖然背對著鏡頭，但是從外送員的表情看得出來，他有點訝異的看著穿著清涼的周筱薔。

畫面裡面的外送員慢慢把一個類似裝有便當的塑膠袋給了周筱薔。

周筱薔接過來以後，轉身彎腰，伸手進鞋櫃上的包包拿錢。

鏡頭處，周筱薔的小屁股，正好對準了門口外送員。

長版睡衣，若隱若現。

外送員居高臨下，當然什麼都看不到。

而周筱薔則是伸手進包包裡面不斷翻找，鏡頭變成正面對著周筱薔，陳仕鵬隱隱約約的從領口處看進去，彷彿能看到周筱薔那若有似無的玲瓏精瘦身材。

然後門口的外送員實在忍不住，蹲下了。

他一蹲下，陳仕鵬知道周筱薔長版睡衣底下的春光就被外送員一覽無遺。

畢竟他留言下的命令是要周筱薔不准穿內衣、內褲，只穿睡衣點外送，然後去取貨付款。

這一瞬間，門口的外送員看得清清楚楚，但是陳仕鵬什麼都看不到，只能若有似無的看著周筱薔那不斷扭動的腰，焦急的伸手在包包裡面找不到錢。

外送員吞了一口口水，面對著這麼漂亮的女大生，直接在自己面前展現出美麗的身體，他忍不住的，緩緩抬起手。

陳仕鵬看的血脈賁張。

「幹，野區還發呆，你他媽抽的是雪茄是不是阿，點這麼久……」

語音再度傳來謾罵聲。

但是這一次陳仕鵬完全沒心情去跟對方吵架，他直接把喇叭的聲音關掉。

然後就看到畫面上的外送員那雙手，緩緩地放在周筱蕾富有彈性的渾圓屁股上。

被陌生男子的手一摸，周筱蕾腿都要軟了。

她雙腿不斷夾著扭動，然後非常吃力的支撐著自己身體。

目光，投向房間角落的手機。

陳仕鵬彷彿看到周筱蕾用一種非常哀怨的眼神看著自己。

外送員看周筱蕾沒有抗拒，完全不客氣的大手緩緩游移，從周筱蕾豐滿的臀部，緩緩移向那屬於女孩神祕的花蕊處。

儘管周筱蕾拚命的夾緊大腿想多少隱藏自己的身體，但是外送員完全沒有打算放過她，雙手一掰。

陳仕鵬看到周筱薔細長眉毛緊鎖著，貝齒咬著下嘴唇，滿臉通紅的拚命忍耐著羞赧。

外送員吞了一口口水。

漂亮的女大生在深夜叫外送，而且還直接展露自己青春的身體，這對血氣方剛的陌生男性來說，根本是赤裸裸的勾引。

周筱薔好幾次身體都要使不上力氣了，要不是木偶人項圈的意志力支撐著自己，她大概當場就會軟倒。

陳仕鵬看外送員忍不住了，放開周筱薔的屁股站起身子，東張西望一會兒，馬上就要解腰帶脫褲子。

然而就在外送雙手離開周筱薔的時候，她終於找到機會馬上拿出皮包，抽出一張大鈔塞給外送員：「不、不用找了。」

周筱薔把外送員推出房間。

外送員想說些什麼，可是周筱薔已經關上門，靠著門板，滿臉通紅的不斷喘氣。

看到這不可思議又荒唐一幕的陳仕鵬，吞了口口水。

影片最後，周筱薔額頭上沾滿汗珠的走向鏡頭，她拿起鏡頭哀怨的說了一句「變態」然後就把影片關了。

陳仕鵬眨眨眼，他看到木偶人APP一片漆黑的時候，回過神。
手裡的香菸一口沒抽，卻已經燒完。

☘

竹宴酒店外面。
一輛高級的進口車停了下來。
李成順下了車，馬上動作俐落的走到後車門邊，畢恭畢敬地把車門打開。
「龍哥，到了。」
一個矮矮胖胖，脖子上戴著金項鍊，理了山本頭，穿著一身唐裝的男人，緩緩下車。
這男人，叫做周玉龍，外號土龍。
道上人人都知道，義聯的全名是義聯工程企業社，雖然表面上是工程企業社，但是實際上是道上人人敬畏的黑幫，從創幫幫主孫伯開始，第一代以伯、仲、叔、季四大長老做排行，後來孫伯過世，其他三位長老也就順勢退隱幕後金盆洗手，經營唱片行的經營唱片行，開小吃店的開小吃店，不再過問檯面上的江湖世事。
而義聯工程就交給下一輩的人才，下一輩共有「龍、虎、蠍」三大弟子。

但是飛虎年輕時候，在一場械鬥中被砍了右手，從此退隱江湖專心禮佛，而號稱毒蠍的李成順，則是能閃則閃、能躲則躲，不僅從來都沒有為幫裡建過任何功勞，甚至連牢都沒進去過，標準一個不沾鍋的個性，所以義聯工程的重擔，當然就落在外號土龍的周玉龍肩上。

不沾鍋、從沒進過牢，幾乎連警方都叫不太出他的名字這件事情，對於一般人來說當然是好事，但是對於義聯來說，卻不見得是什麼光彩的事情，那怕是已經隱退多年的飛虎，幫中眾人談起他的時候，還是肅然起敬尊稱一句虎爺，但是對於毒蠍李成順這個名號，卻是人人瞧不起，被認為是義聯中蹭吃蹭喝的老東西罷了。

周玉龍為了不想他被幫中小輩欺負，特別讓他擔任自己的司機，也算是對同期的一種照顧。

看到縱貫線喊水會結凍的土龍下車，林倩倩披了一身狐皮大衣，頂著完美無瑕的妝容，陪著笑臉走過來，一把勾住土龍的手臂。

「唉唷，土龍大哥，怎麼今天要過來也不先說一聲啦，四位堂主早就在金龍廳等你了。」

林倩倩臉上雖然笑著，但是眼神已經讓左右輛邊的小弟馬上過去幫忙泊車。

而這個李成順則是一改之前在小宅時那霸道跋扈的樣子，此時的他彷彿不認識林倩倩，神情恭敬和順說：「倩姐不用麻煩，等一下車子我來停就好。」

聽到李成順這樣說，周玉龍大手一揮：「欸，順子，不要在外面吹風啦，跟我一起進去，聽聽看那四個猴小子要說什麼，車子給倩倩處理就好，你跟我來。」

李成順這才把鑰匙交給過來的年輕人，自己則鞠躬哈腰的跟在周玉龍身旁，緩緩走進竹宴酒店。

# 7

當江湖已老，義聯第一代已經退隱江湖，第二代也已經剩下土龍獨大之後。

原本在最前線衝鋒的第三代、第四代當然就開始紛紛崛起。

土龍懷念義聯第一代的那種拚搏精神，並且想要恢復第一代的光榮，所以第三代又設四大堂主，以「梅、蘭、竹、菊」四堂為主。

而四大堂口底下，則如公司組織般，盤根錯節的延伸發展出第四代的各大會務系統。

其實對土龍來說，不管第四代、第五代，甚至之後的組織怎麼龐雜發展，他只需要把底下第三代的四位堂主控制在手中就夠了。

因此，每當土龍想找四大堂主，就會在竹宴酒店中設宴。

久而久之，竹宴酒店為了討好這位出手闊綽的義聯大老，特別以「龍」字為名，增設金龍廳，幾乎就是給他們專用的包廂。

在林倩倩帶領下，土龍跟李成順走進來之後，金龍廳裡坐了四個男人，領口別有金光閃閃徽章的四個男人。

那些徽章，正好就是「梅、蘭、竹、菊」義聯的四大堂口代表人。

一看到李成順進來，手上捏著檀香木質佛珠的竹堂主率先開口：「現在是什麼情形，司機也能進來金龍廳喔。」

李成順的臉當場就垮下去。

周玉龍眉頭一皺：「青竹仔，放尊重一點，好歹他也是你的長輩。」

旁邊咬著電子菸的蘭堂主也開口了：「土龍大仔，義聯是一個論功行賞的地方，我這個人對英雄敬佩，但是如果對幫裡沒貢獻的，金龍廳的地毯，不應該被這種人弄髒吧？」

周玉龍沉默著。

而戴著圓框眼鏡，頂著大光頭的梅堂主則冷靜的開口：「毒蠍賢拜，我敬你是我們的長輩，但是阿蘭說的沒錯，你要不要先去外面等？」

義聯四大堂主剩下菊堂主沒說話，不過其實他也不用說，因為他從李成順進來到現在都沒正眼瞧過他一眼就知道了。

四大堂主齊聲反對，就連土龍也不能說什麼。

周玉龍無奈的看著李成順：「順欸，歹勢，不然你先去外面等啦。」

李成順沒說話，現在對於整個義聯工程企業社來說，大概只剩下土龍還會對他以禮相待，但是李成順卻清楚的很，叫他進來金龍廳，這不過是周玉龍的手段罷了。

身為義聯幫主，難道周玉龍會不知道四大堂主的態度嗎？而對李成順這樣身為同輩，卻在幫中被人所看不起的對象來說，周玉龍越是尊敬他，幫中晚輩對周玉龍有情有義的形象就更深刻。

身處在這種刀口上舔血的幫會，除了逞凶鬥狠之外，義薄雲天的形象還是很重要的，不管是不是真的義薄雲天，至少看起來要有那個感覺。

就看李成順乖巧的對周玉龍及四大堂主一鞠躬，接著就摸摸鼻子退出金龍廳。

這戲碼，早不知道上演過多少次了，每一次周玉龍都能夠獲得很多的掌聲跟讚揚，大家早就習慣了，李成順也是，只不過這次與以往有些微不同的是，當這次李成順關上金龍廳包廂門的時候，他卻笑了。

那再也壓抑不住的嘴角，揚起了一個非常囂張的弧度。

☘

稍早前，吳建一戴著藍芽耳機，他看起來非常緊張，胸口劇烈的起伏不難看出他今天異常激動。

竹宴酒店外面停了好幾台高級的進口轎車。

「倩姐，真的、真的要這樣嗎？」吳建一壓著藍芽耳機就問。

藍芽耳機那一頭傳來的正是林倩倩的聲音：「是的，你要相信我，你有這一方面的天分，這件事情由你來執行再適合不過了。」

「但是我沒有自信。」

「你想想那一天，那個小女孩被那兩個男人追，你打爆那個男人的頭，他們的血濺在你的身上，他們脖子呈現那種不規則的彎曲角度的時候，你有什麼感覺？」

「沒感覺，什麼感覺都沒有，他活該，我最痛恨這種戀童的變態。」

「那就對了，我要的就是你，你絕對有這方面的天分，但是我需要你現在先幫我完成這個任務，我要開發出你的潛能，你要相信我，更何況如果你覺得我是錯的，你隨時可以把木偶人項圈拿下來，不是嗎？」

聽到這裡，吳建一下意識摸了摸脖子上的木偶人項圈，然後眼神逐漸變得堅定。

加上林倩倩幫他掩護，當吳建一穿著竹宴酒店服務生制服，躲進金龍廳包廂廁所的時候，酒店外面幾個染著五顏六色頭髮的年輕人看都沒看他一眼。

吳建一看了看包廂裡面有一個大圓桌，圓桌上幾個男人把酒言歡，這些傢伙有的理著山本頭，有的根本就是大光頭，刺龍刺鳳的身體彷彿通通都在散發出一種生人勿近的氣場。

吳建一走進廁所，壓著藍芽耳機的他小聲的說：「倩姐，他到了嗎。」

電話那一頭的女生笑了笑，非常冷靜的說：「還沒，現在包廂裡面的是義聯梅蘭菊竹四大堂主，今天晚上的主要目標，是土龍，幹掉他才是主要目標。」

此話一出，吳建一的眼神突然冷漠起來，他關上了廁所的門，接著從腰帶裡掏出一把鋒利的生魚片刀。

這刀是白紙鋼鍛造的生魚片刀。

現在很多厲害的木工師傅、廚師都喜歡用白紙鋼刀，因為白紙鋼容易研磨，且研磨之後非常鋒利，就算用久刀鈍了也只要自己重新研磨就可以，而且白紙鋼是目前最接近古代武士刀的鋼材，只是刀刃並不防鏽，所以照顧起來格外麻煩，然而因為它鋒利的特性，吳建一選擇了這把刀。

難照顧不要緊，要緊的是關鍵時刻，一刀就可以切進去。

尤其是對生肉。

吳建一坐在馬桶上不斷抖著腳，明明酒店的空調很強，但是他卻不斷流汗。

詭異的是這些汗都集中在額頭上，他的手是冰的，吳建一也不知道為什麼，他只能自我解嘲著，大概是因為握著這把生魚片刀的關係吧。

倩姐跟吳建一認識的那天，天空下著濛濛的雨，本來吳建一騎著機車要去接女朋友下課，但是在路上的小巷子裡，他看到兩個彪形大漢用一只麻布袋套住一個小女孩就要往廂型車裡跑。

吳建一二話不說衝上前，拿起路邊的一根棍子就朝那兩個男人的腦袋揮過去。

剛好這一幕被倩姐看到了。

因為吳建一的力氣太大，彪形大漢的脖子被吳建一當場打斷並且從車廂裡摔出來。

另外一個開車的男人也被吳建一揍了好幾拳，鼻青臉腫的他跪著求饒。

後來警方趕到，吳建一被抓進警察局結果沒有去載女朋友下課，當天晚上是倩姐花了錢保他出來，雖然警方依過失殺人起訴吳建一，但是倩姐跟吳建一說不用擔心，往後的官司問題通通包在她身上。

倩姐給了吳建一名片，讓吳建一知道去哪裡可以找到她，並且跟吳建一說這是一條不歸路，因為世界上就有這麼多不公平、不公義的事情，如果吳建一沒有出手，那小女孩很有可能早就死了，他不但救了一個無辜的生命，還可能救了一個原本會破碎的家庭，但是我們的司法，卻要因為過失殺人而起訴他。

也就是這一天，吳建一覺得自己像一隻浴火的鳳凰，應該要重生了，重生的首要條件就是，他必須先捨棄掉會令他猶豫的負累，這個負累就是他的女朋友。

這把白紙鋼鍛造的生魚片刀就是倩姐給吳建一的禮物，林倩倩跟吳建一說，如果不願意隨時可以把木偶人項圈拿下來，但是一定要相信他們在做的事情，雖然不被法律接受，卻是正義，是暗黑的英雄。

縮在馬桶上面的吳建一，其實在他的心裡英不英雄或許不這麼重要，重要的是，當他打斷那個男人脖子的時候，他有一種興奮感，一種打從心裡不斷冒出來的興奮感，擋都擋不住的血腥與快意。

這時候終於聽到外面一個讓他等了一晚上的聲音響起。

「青竹仔，放尊重一點，好歹他也是你的長輩。」

後面他們說了什麼，吳建一其實都沒聽到。

因為他只記得自己趴在門邊，緊緊握著手中鋼刀。

## *8*

「土龍大哥，要說正事可以，說完不要再去阿娟那裡好不好，現在小的都喜歡來酒店啦，小姐比較漂亮阿，阿娟那邊的素質太差啦。」

「靠夭阿，酒店我也玩過，林老木哩，漂亮有什麼用，都只可以摸，要帶一個出場那些穿西裝的就在那邊靠夭，沒意思啦。」

「不是這樣阿，土龍大哥，你要帶出場，也要看小姐的意願阿。」

「看汶阿，出來賺的就是出來賺的，林盃花錢還要看她的心情，幹，騙我沒有睡過女人喔，還不是要錢而已，說什麼月經來、晚上累都是假的啦，林盃要睡她一次如果拿十萬出來，我看叫她吸哪裡，那些查某會不會乖乖的吸，吸完了還笑著說好吃。」

「唉唷，土龍大哥，不然這樣啦，等一下我陪你去，你讓外面那些小的留在酒店玩，吃飯他們已經沒什麼吃到了，你又帶他們去阿娟那裡，大家會不高興啦。」

「幹，林盃要棒賽啦，看怎樣你自己處理好我沒意見啦，你知道今天再不去，阿娟又要在那邊哭爸哭母，你處理好順便把飯錢算一算，我拉完出去就走，知不知道。」

「好啦，那我先出去。」

聽到外面兩個人話一說完，躲在廁所裡面的吳建一慢慢的把鎖上的門打開，那一瞬間，他幾乎可以感覺到自己身上的每一條神經都是緊繃的，肌肉也因為過度的興奮而微微顫抖。

那種感覺，就跟過失殺人的時候一樣，如果撇除掉什麼法律、道德不管的話，這一瞬間，他也依稀有些明白了倩姐說他很有天分是什麼意思。

有些人生來就是獵物，有些人，生來就是獵人。

那種宛如潛伏在長草間，等待著獵物放下警惕，然後他緩緩靠近，等到有足夠攻擊距離時候的感覺，非常美好。

自己就好像神明，生殺予奪，全在他一念之間。一種，雄性荷爾蒙在身體裡面炸裂，征服慾望被撐到無限大的快感，在門被拉開的那一瞬間，爆發。

土龍伸手把門一拉。

吳建一跟他四目相對。

「欸？有人？」土龍看到吳建一的時候愣了一下：「少年仔，阿你棒賽不鎖門喔？」

然後吳建一脖子上的項圈，發出了幽微的光芒，就看他挺了上去，左手抓住土龍的後頸，右手往前一送。

冰冷的生魚片刀，染得一片鮮紅。

土龍瞪大了眼睛看著建一，他雖然不認識這個男孩子，但是這就是江湖，隨時會有人找上門來的日子，而且找上門捅你一刀的那個傢伙，你不一定會認識，有可能只是人家買兇殺人，或者只是某個想要上位的年輕人。

赤腳不怕你穿鞋。

失敗了被殺死，好過像條鹹魚一樣的活著。

土龍張大了嘴巴想要喊，外面都是他的人，只要他一喊，外面的人蜂擁而上一定能把這個不知死活的年輕人給剁成肉醬。

但是吳建一似乎早有準備，他用力把土龍拖進廁所，然後拿出肩膀上掛著的白毛巾，非常粗魯的用力往土龍的嘴巴裡面塞。

「嗚……。」土龍拚命的大吼大叫，只是他的聲音全都變成了悶悶的嘶吼。

而且吳建一沒有給他太多時間，拉進廁所之後因為土龍掙扎著想要逃出去，所以建一就變成在他的後面，他當下用左手從後面鉤住土龍的脖子，雙腿夾住他那肥大的肚子。

兩個大男人在廁所裡面摔成一團。

土龍的血噴得到處都是，吳建一知道外面有多少人，他既然做了就絕對不能手軟。手起刀落。

白紙鋼製的生魚片刀一刀又一刀的往土龍的肚子戳下去。

鮮血亂噴，整間廁所裡面一片狼藉。

吳建一的臉上、手上，幾乎可以說到處都是土龍的血，也因為他的體格太好，實在太壯了，光是那兩條手臂勾住人的脖子，十個大概有九個別想逃出去。

土龍當老大已久，拿槍殺人，逞凶鬥狠的年紀也已經過去，現在叫他跟一個年輕小夥子角力，他根本不是對手，加上一進來肚子就被捅了一刀更是沒有什麼能力反擊。

雙腿，無力的在空氣中亂踢。

雙手，拚了命的撕扯、亂抓著對方。

表情猙獰著。

紅色的體液噴在牆上、地板上、馬桶上，因為他雙腿的亂踢，所以地上的血液一條一條彷彿水墨畫。

嘴裡，塞著毛巾。

土龍的掙扎變慢了，反抗的力氣變小了。

最後他兩手下垂，眼神呆滯。

一代地方角頭、梟雄，叱吒半生讓黑白兩道聞風喪膽的土龍，就這樣死在一間骯髒的小廁所裡。

竹宴酒店的音響還在播放著日本演歌，土龍最喜歡這種旋律，他萬萬沒想到，這旋律就是他的喪鐘。

吳建一的手臂被他給抓的滿滿都是爪痕，但是他不在乎，為了確保土龍真的死了，他又補上好幾刀。

躺在地上一動也不動的土龍，這時候他的身體就像個蜂窩一樣被捅了好幾個洞，身體裡紅的、黑的各種顏色的體液不受控制的流出來。

看著這一片狼藉的廁所，還有那強烈的氣味撲鼻而來。

吳建一滿頭大汗的看著土龍那死不瞑目的雙眼，他劇烈喘著氣並且推開了門到洗手檯去把身上的血跡洗乾淨。

這畫面跟他想要的暴力美學相差了大概有十萬八千里，但是既然做了他就不能後退。

就看鏡子裡的吳建一，用土龍的衣服把刀擦乾淨，然後拿出他嘴裡沾滿鮮血的毛巾，將刀包好插回自己的皮帶裡面。

把一個人殺掉的感覺，跟他想像得很不一樣，特別是當土龍最後力氣越來越小的那種感受，非常出人意料之外的，是一種平靜感。

叱吒風雲的角頭老大，就這樣一動也不動的躺在地板上。

躺在骯髒狹窄，沒人知道的廁所裡。

廁所外面四大堂主還是一樣說說笑笑。

吳建一看著鏡子裡面的自己。

他的眼睛因為用力過度而變得血紅，他覺得感受很平靜，但是心跳卻非常快速，他也可以感覺到自己體力流失得很快。

不就是殺一個人嗎？

這個傢伙腦滿腸肥又是一個黑幫的角頭老大，自己可是一個運動健將，當年學校的校隊，為什麼只是殺一個人就能夠讓自己的體力流失這麼嚴重？

吳建一用水拍濕了自己的臉頰，今天他還特地選了一件紅色的背心，為的就是怕對方的血沾到他身上，紅色的背心比較不容易看出來，但是現在才發現，其實根本一點屁用都沒有。

衣服以外的地方大概用水擦掉之後，吳建一吞了一口口水，他深吸一口氣，想起了林倩倩的話。

「今天目標，最少要把土龍幹掉。」

「最少？那最好呢？」

「最好？那當然是梅蘭菊竹四大堂主通通幹掉阿，呵呵，不過這太難了，我不會這樣要求你的啦。」

吳建一整理好呼吸，閉上眼睛。

在一片黑暗中，他握緊鋼刀，那一瞬間，他其實自己也有點不明白，他要的到底是讓林倩更在乎他多一點，還是因為感受到剛剛土龍在自己懷中掙扎，生命流失時後的那種無力感。那種自我膨脹到無限大，天上地下，唯我獨尊的快感。

吳建一笑了。

## 9

「酒店喋血事件，江湖綽號土龍的大老『周玉龍』今天傍晚，在某知名酒店遇害，身中三十七刀，刀刀致命，包廂內連同四名堂主一同遇害，目前皆已轉送加護病房，周玉龍到院時已無生命跡象，四名堂主目前也性命垂危，本台將持續為您追蹤報導。」

坐在廁所馬桶上的陳仕鵬快速把這則訊息滑過去，接著就翻出那一天周筱薔傳給他的訊息。

看著外送員撫摸周筱薔的模樣，陳仕鵬吞了口水。

一雙手就不安分的想往早已經腫脹的下體撫摸。

「老公。」蘇晴的聲音，非常煞風景的在門外響起。

「嗯？」儘管夫妻兩人隔著一道門，但是陳仕鵬就像做壞事被抓到的小孩那樣，趕快把影片關掉。

蘇晴說著：「今天晚上要回家吃飯喔，你沒忘記吧。」

陳仕鵬無奈的看著天花板，什麼話都不想說。

蘇晴則是溫柔的提醒：「那我先出門，今天我爸的公司有應酬，你如果沒來接我的話我會沒地方睡了喔……。」

陳仕鵬無奈的苦笑，蘇建斌的晴陽建設這麼大一間，隨便也有個房間給蘇晴，她要是喝醉了怎麼可能沒地方睡。

「還有帳戶裡面錢我補進去了，你要是真的有缺錢就拿去用，我只是怕你亂花，沒有別的意思，你不喜歡我問，那我就不問了，其實保險業績的事情，我一直都覺得如果你需要，我完全可以幫你，但是我就怕你不喜歡……。」蘇晴把話說完之後，又等了一下，沒等到陳仕鵬回應，她才安安靜靜地轉身離開。

陳仕鵬知道，這就是他老婆的溫柔。

一種讓人沒有拒絕餘地的溫柔。

很多時候陳仕鵬都覺得，跟他老婆相處就像有一隻無形的大手，慢慢地捏緊他的喉嚨，直到他無法呼吸了，蘇晴才會稍稍鬆開一點點。

就連他的事業也是，蘇晴明示暗示已經不只一次，其實只要陳仕鵬點點頭，蘇晴稍稍幫扶一下，陳仕鵬在通訊處的業績，大概就會直接扶搖而上，除了達成什麼高峰極峰不在話下之外，通訊處上至處經理下至小業代，人人都會對他肅然起敬。

偏偏陳仕鵬就是不肯接蘇晴拋過來的橄欖枝。

等到蘇晴離家之後，陳仕鵬看著木偶人的ＡＰＰ，他又留了一段命令。

過了沒多久，他就收到周筱薔的畫面。

那是周筱薔拿著攝影機自拍的畫面。

畫面中的周筱薔戴著口罩，沒有穿內衣，敞開的外套，從學生宿舍出來，直接搭上捷運。

在捷運上，口罩下的周筱薔紅著臉。

然後努力的站直身體，讓胸前那一對小小的激凸，暴露在燈光下。

也暴露在來來往往的旅客眼中。

大多數的男人都吞了口水，似乎很想上前跟周筱薔搭訕，但是又不太敢。

而周筱薔則是在這樣的目光底下，搭過了一站又一站。

最後在社群上，有人貼了周筱薔的照片，標題寫著「今天遇到一個妹子，可能是行動藝術家，為什麼女人一定要穿胸罩？」

底下留言回復非常熱烈，「求認識。」、「求聯絡方式。」、「我覺得妹子很好，勇敢做自己。」、「這個風氣應該要多多推廣。」、「我不知道什麼藝術不藝術，我只知道妹子有夠正。」、「我去了。」、「我覺得這樣非常不好，為什麼要物化女性。」、「傷風敗俗、沒錢買衣服嗎。」、「樓上的我勸你不要多管閒事。」

周筱薔根本不看這些社群，她什麼話都沒說，只是乖巧的執行著命令，陳仕鵬終於忍不住了，他打了電話給周筱薔：「為什麼戴口罩。」

周筱薔小聲的說著：「你只說不能穿內……咳、咳，只說有什麼不能穿，又沒有說……又沒有說不能戴口罩。」

陳仕鵬冷笑著：「鑽漏洞是吧。」

周筱蕾沒說話。

陳仕鵬下令著：「我們見面吧。」

車站外。

陳仕鵬見過周筱蕾，周筱蕾沒有見過陳仕鵬。

「你看起來不像個變態……。」這是周筱蕾看到陳仕鵬的第一句話。

「我本來就不是個變態。」陳仕鵬把車門關上，讓周筱蕾上車。

但是周筱蕾第二句就說：「可是你的命令都很變態。」

陳仕鵬冷笑著：「那妳為什麼不拒絕。」

周筱蕾看著窗外：「我應該說過了，我不想忘記跟男友的回憶。」

「是前男友吧。」陳仕鵬淡淡的吐槽。

周筱蕾沒有正面跟陳仕鵬針鋒相對，她只是從背包裡面，拿出一小疊的鈔票，然後扔在陳仕鵬的駕駛座上。

「這是什麼？」陳仕鵬問。

周筱蕾淡淡的說：「保費，你不是要我給你保費。」

陳仕鵬馬上把保費收起來：「其實買保險不是壞事……。」

話沒說完，周筱薔就打斷了他：「我不想聊天，你說吧，要怎樣才肯把手機還我。」

陳仕鵬沒說話，陷入一陣沉默。

其實他根本沒想法，他只是覺得跟蘇晴的生活，淡的就像索然無味的白開水，他不想過這樣的生活，他想要找點刺激。

而周筱薔，就是這樣的刺激，被扔進白開水的蘇打發泡錠。

周筱薔冷冷的說：「只要還給我，你想上床也可以。」

「什麼？」陳仕鵬幾乎沒想到這女生會說出這種話。

但是周筱薔卻非常冷靜的說：「只是做完之後我們就不要聯絡了，如果你想要，我就給你，就算你希望不戴套想射裡面都可以，但是要答應我，做完以後手機要還我。」

這一瞬間陳仕鵬感覺自己似乎是老了，一個長相標緻、身材火辣的，而且外套底下沒有穿內衣的女大生，直接跟他說可以不戴套內射，根本是赤裸裸的挑釁。

「我說的不對嗎？這不就是你們男人心裡想的？不然還是說你想跟我當朋友？」周筱薔轉過來，用那水汪汪的大眼睛，一眨一眨的看著陳仕鵬。

陳仕鵬腦海裡，閃過了那外送員的影片。

那一段影片，不管陳仕鵬把手機畫面調的有多亮，他都看不到周筱薔連身睡衣底下到底藏了什麼風景，那個風景，他非常嚮往。

最後他開著車，直接停進溫泉會館的停車場。

「好，要做就做。」陳仕鵬咬著牙走下車。

周筱薔只是冷冷說著：「看吧，我就說男人都一樣，說來說去就是想打砲，那不如直接說出來，大家也省得彼此試探，做完之後該幹嘛幹嘛。」

其實陳仕鵬幾乎不記得帶周筱薔怎麼走進溫泉會館的，總之他走在溫泉會館長廊的時候，邊走邊問著：「妳脖子上那個木偶人項圈到底是什麼東西？為什麼可以控制人？」

周筱薔聳聳肩：「之前給我的人說，好像是某個科技廠做出來的東西，副作用是拿下項圈，木偶人就會遺忘戴著項圈時候的一切事情，反正本來要回收銷毀，可是有一些被拿出來，詳細的狀況我不清楚。」

陳仕鵬問著：「那如果問你男友可能會比較清楚嗎？辮子男？」

「我男友不會清楚吧，他的手機本來就是我給他的，他也只會用而已。」周筱薔一臉困惑的反問：「不過你說什麼辮子男？」

陳仕鵬指著自己的脖子：「辮子男阿，你男友是不是有一個刺青？」

周筱薔搖搖頭：「我男友沒有任何刺青阿。」

「怎麼可能。」陳仕鵬說：「可是賣我手機的那個人有刺青耶。」

周筱薔摸進口袋：「我給你看我男友的照片，他不可能刺青啦……疑？」

「怎麼了？」陳仕鵬問著。

周筱薔東摸西找：「我的手機好像沒拿。」

陳仕鵬把鑰匙拿給周筱薔：「怎樣，掉在車子裡了嗎？去拿阿。」

周筱薔連忙接過鑰匙：「抱歉，我去拿一下。」

陳仕鵬看著日式風格的溫泉會館，他伸了個懶腰。

溫泉會館裡的服務生，清一色都穿著日式浴衣，就是為了讓來的客人都有一種置身日本的錯覺。

而桌上的菜單，也全部都是比照日本當地料理去做設計的。

陳仕鵬笑著把身體往後躺。

他已經不知道多久沒有來這種地方。

只記得以前跟蘇晴交往的時候，兩個人曾經來過，那時候花的是陳仕鵬打工存的錢。

陳仕鵬跟爺們一樣，享受著蘇晴溫柔的服務。

如果可以，陳仕鵬很想回到那一天，因為後來就算他們有錢，那也是蘇家的錢，不管怎麼花，陳仕鵬都當不了當初那個大爺。

說來也很諷刺，當年的小夥子，口袋裡就那幾千塊，全掏出來吃一頓，泡一次溫泉，不僅口袋空空如也，下山只能騎機車、寒風受凍，這樣的人生，陳仕鵬覺得活得像個男人，有面子、有尊嚴。

而現在，吃這一餐對他們兩人的存款來說，只不過是九牛一毛，下山也有車可以開，泡完溫泉更可以大大方方的扒光自己老婆，肆意的將體液全噴進這女人身體裡。

而且蘇晴已經不像學生時代一樣會擔心懷孕，不僅會張開修長的雙腿歡迎他，甚至還努力將他的體液多留在身體裡久一點。

但是陳仕鵬卻一點都沒有當個爺們的感覺。

相反的，他覺得自己活的像個窩囊廢。

因此，他們絕少再來這種地方。

眼看著周筱薔走出去，突然，一個身穿名牌外套，身材維持的相當火辣，而且燙了一頭大波浪捲髮的女人，毫不客氣一屁股就直接坐在剛剛周筱薔的位置上。

「唷，這不是那個靠我家晴晴過日子的上門女婿嗎？」

陳仕鵬表情頓時間就沉下去。

這女人則是笑著：「溫泉會館耶？你這麼大手筆來溫泉會館啊？跟誰？不會是拿晴晴給你的錢當乾爹吧？」

陳仕鵬的神經整個拉起警報，他只能低著頭，用乾澀的聲音說：「是……客戶。」

女人雙手抱在胸口，瞇著眼睛說：「是怎樣？連人都不會叫了？有膽拐我家寶貝女兒去公證，沒膽跟我聊天阿。」

陳仕鵬小聲地喊：「媽……。」

蘇媽媽拎著那一咖二十多萬的名牌包直接站起來：「哼，既然碰到了，那就讓你載一次吧，我看看你這司機合不合格，直接載我去晚上的餐廳吧。」

蘇媽媽，穿著珠光寶氣，看起來就像一隻貴賓狗般趾高氣昂的丈母娘。

## *10*

陳仕鵬上車的第一件事情，就是主動把前座車門打開。

如果是以前，蘇媽媽根本不會理他，直接開了車門，坐在後座關上隔屏完全把陳仕鵬當成司機。

但是今天，不知道怎麼搞的，蘇媽媽非常給陳仕鵬面子，刻意主動的坐到前座，翹起二郎腿，把手裡那顆名牌包包壓在自己大腿上。

陳仕鵬則是有意無意的關上前後座之間的隔屏，並且把後視鏡的反光功能關上，調整成完全靠後鏡頭的畫面。

「走吧。」蘇媽媽冷冷的下令，他不在乎陳仕鵬拉起隔板的怪異動作。

或者更準確的說，蘇媽媽從來沒在乎過陳仕鵬，對她來說，陳仕鵬就是個多餘的人物，做什麼蘇媽媽都不在乎。

車子緩緩開出溫泉會館。

行駛在快速道路上，蘇媽媽用手指，輕輕且帶有節奏性的敲打著車窗。

「我女兒有多優秀我很清楚，像我，仕鵬，你說對嗎？」

車內溫度明明恆溫的二十四度，但是陳仕鵬卻覺得自己背上滿身大汗：「是，當然、當然……。」

「或許學業這部分，是比較像她爸，我跟你說她爸當年的聯考成績，完全可以上最頂尖的大學，不過頂大又怎麼樣，出來還不是一個大學生，所以她爸聰明，直接回家接掌家業，不然也沒有我們晴陽建設今天的規模。」

陳仕鵬回應著：「當然，晴陽建設在妳……您與爸的帶領下，事業蒸蒸日上。」

「呵呵，聽你這樣說，晴晴應該也是有跟你說過一些建斌的過去。」蘇媽媽繼續說：「其實當年，晴陽也是遇到過一些風波的，要不是我娘家出手幫了一把，建斌也沒有今天。」

「是、是……」陳仕鵬一邊開著車，一邊敷衍的附和著：「媽，您娘家在銀行業呼風喚雨誰人不知。」

「你這孩子還算會聊天。」蘇媽媽笑著。

但是蘇媽媽的笑聲，並不是真的這麼發自內心的真誠，她的誇獎當然也不是這麼真心。然而無論是什麼，陳仕鵬只能灰溜溜的夾著尾巴跟在旁邊應和，不管蘇媽媽說什麼，他都無力抵抗。

蘇媽媽冷眼瞟了陳仕鵬，接著就把笑容收斂起來之後，下一句話冷冰冰的說：「所以晴晴不僅繼承了建斌的頭腦與魄力，還有我娘家的資源支持，這些對她來說都是非常好的成功踏腳石，你說，是吧？」

陳仕鵬吞了一口口水，只能乖乖應和：「當然、當然……。」

「那你呢？你能幫晴晴什麼？」

陳仕鵬似乎沒想到蘇媽媽說變臉就變臉，他有點尷尬的說：「我、我很愛晴晴。」

「呵呵呵呵。」突然蘇媽媽笑的腰都要彎了：「原來你這麼會開玩笑阿，這我知道，晴晴這麼優秀，你當然很愛晴晴，滿大街誰會不愛晴晴，誰又能不愛我家的晴晴呢？我的意思是，我跟建斌都能在事業上、人生、家庭上幫助晴晴，你呢？你能給晴晴什麼？」

「愛……。」陳仕鵬感覺自己喉嚨越來越乾澀。

蘇媽媽直接打斷了他的話：「除了愛之外？」

陳仕鵬啞口無言。

「唉唷，仕鵬，你別怪我講話直，你們畢竟不是大學生了嗎……」蘇媽媽收回自己的目光，冰冷的說：「愛能吃得飽？還是穿得暖？」

陳仕鵬繼續啞口無言。

蘇媽媽此時就像把一條狗逼到牆角邊，最後她也不下手，只是冷冷地看著這隻無助的小狗：「再說了，剛剛我說晴晴繼承了她爸的好頭腦，所以我認為，一個人的聰明才智是可以遺傳的，你說對嗎？」

陳仕鵬現在其實只想趕快逃離這個狹窄又逼仄的小空間。

也不知道蘇媽媽是不是故意的，她身上那刺鼻的香水，這時候就像毒氣般對他攻城掠地，充斥著他全身上下每一處毛孔。

蘇媽媽就像是能讀懂陳仕鵬的心思一樣。

還從包包裡拿起那簡約設計，看似優雅的香水，輕輕在身上噴了兩下，讓自己的氣味，完完全全占領這小小的車廂。

彷彿在宣告著，她才是這裡的主人。

蘇媽媽給了陳仕鵬最後一擊：「你不說話，我就當你說是了，那我問你，你覺得自己哪一點夠優秀配得上晴晴？你們兩個以後如果生下孩子，那孩子要是遺傳了你的失敗……喔，不對，是你家的失敗基因怎麼辦？」

陳仕鵬咬緊牙關，只是瞪著前方。

然而蘇媽媽沒打算放過他，看著窗外，手指有節奏地繼續敲打著車窗，悠悠的又吐了一句話出來：「我也沒說你爸媽不好，就是……哎呀，我該怎麼說才比較委婉呢？恩……阿，有了，『普通』，普通沒有錯，只是你們家普通的基因，如果汙染了我們家晴晴，那晴晴的兒子、女兒要是不夠優秀怎麼辦？」

如果可以，陳仕鵬真的很想一拳呼在這趾高氣昂的女人臉上。

蘇媽媽還在火上澆油：「用普通這個詞，應該不算得罪人吧？我只是希望客觀的陳述一個事實，我完全不想讓你覺得我是在挑撥你跟晴晴的感覺喔。」

陳仕鵬停下車子，然後努力擠出一種非常不自然的笑容對蘇媽媽說：「媽……蘇媽媽，我們到了……。」

他們今天的餐廳是一間非常高級的酒店。

一看到陳仕鵬車子過來，酒店的侍者就靠過來準備幫忙泊車。

不過蘇媽媽看了侍者一眼：「你做什麼？」

侍者一頭霧水的看著車上兩人。

蘇媽媽自己打開車門優雅的下車，然後她把車門關上之前撇嘴微笑著：「跟你說了這麼多，你應該不會還打算進去吧？」

「但是我跟蘇晴約好了……。」其實如果可以陳仕鵬一點都不想赴這個局，但是除了想到與妻子約定之外，同時也想反擊自己這個該死的丈母娘，到底憑什麼不給他進去。

然而，他的反擊，弱小的就像一個剛滿周歲的嬰兒打算和大人掰手腕一樣。

蘇媽媽兩手抱胸，歪著頭讓一頭大波浪的頭髮歪在一邊：「你想進去，行阿，這一餐你要負責嗎？建斌告訴我，今天餐敘同時是晴陽建設和義聯工程企業社的合作餐敘，蘇媽媽保守估這一餐計應該六、七萬跑不掉，如果仕鵬你打算做東，那蘇媽媽這邊就不客氣了喔。」

陳仕鵬當場啞口無言，不要說他拿不出六、七萬，就說他口袋裡面那張信用卡，最高額度也才三萬塊，為了吃這一餐，他那怕是湊滿兩張信用卡，刷一次可能也無法支付。

保險業務，尤其是在專員階段，薪資收入極不穩定，銀行核發信用卡難度極高，所以他的信用卡，還是學生時代打工，業務員看在蘇晴強硬的背景下，跟公司想盡辦法弄出來給他的，就為了想說是不是之後有機會巴結未來的建設公司駙馬。

因此除非他用蘇晴給他的那個帳戶，但是他不想，不說他才花錢買了一個莫名其妙的手機，就說這一餐的性質，要他拿老婆的錢請岳父、岳母吃飯，他是絕對不願意的。

蘇媽媽看出了陳仕鵬已經被她殺的丟盔棄甲，臉上不但沒有出現勝利者得意洋洋的神情，反而是拍拍陳仕鵬的肩膀，用一種同情弱者的聲音說：「不要難過，那我把話說完，其實普通沒有錯，這社會上百分之八十的人都是普通的，你只是跟他們一樣，這很正常，只是因為我們家太優秀，你選錯對象罷了。」

陳仕鵬車都沒熄火，咬牙切齒調轉車頭，然後灰溜溜的摸著鼻子離開。

蘇媽媽拿著包，挺直了身子，表情厭惡的看著自己剛剛觸碰陳仕鵬肩膀的手掌，眼神裡面沒有一絲同情，最後甩著她的大波浪轉身進入餐廳。

# 11

坐在小公園的椅子上，陳仕鵬跟周筱薔都一語不發。

他們兩個並肩而坐，但是表情都非常嚴肅，車子就停在小公園外面的紅線上，陳仕鵬閃著雙黃燈，周筱薔緊緊拉著身上外套的袖子。

這種沉默的氣氛在他們倆個之間大概持續了五分鐘，最後周筱薔受不了反而先開口了：「她就是你的丈母娘？」

陳仕鵬沒回應這個問題，只是拿出一張保險規劃書：「我幫妳規劃的是儲蓄險，妳繳三年之後我會幫妳辦減額繳清，然後六年時間一到，妳就可以把這些錢都拿回去了。」

周筱薔沒有回應陳仕鵬的話，只是問著：「看你岳母的樣子還有你開的車，你應該不缺錢啊？為什麼要我幫你做業績？」

陳仕鵬點了一跟菸，看著遠方：「我不想用我岳父、岳母的錢。」

「但是你買了我的手機，應該花不少錢吧？難道那是你的錢？」周筱薔非常敏銳的詢問著。

「是，我是，但是花他們的錢又怎樣，妳在後座也都聽到了，我一見面就說了我是跟客戶來的，然後她也不問我跟什麼客戶來，也不問談的怎麼樣，她什麼都不問，一屁股就坐上車，好像我理所當然應該載她一樣，她根本不在乎我這個人。」陳仕鵬咬牙切齒的瞪著遠方。

周筱薔小聲地說：「所以你是故意花她的錢……？」

陳仕鵬就像被踩到尾巴的狗那樣，表情瞬間沉下去：「我……那只是……我只是想找點刺激，而且等我賺錢，我就會把錢還回去，我……根本沒有想花她的錢。」

周筱薔揮手打斷了陳仕鵬的辯解：「你不用跟我解釋，所以你特地叫我出來，就為了這份保單？」

陳仕鵬頹喪的點點頭，什麼話都說不出來。

周筱薔別開臉，然後站起來看著陳仕鵬：「那錢你已經拿到，如果沒有其他事，可以把手機還我嗎，我要走了。」

「等一下。」陳仕鵬馬上拿起手機：「我不會還妳的。」

周筱薔愣了一下。

陳仕鵬看著她，眼神出現一種前所未有的堅定。

「你、你怎麼可以說話不算話？」周筱薔把手按住脖子上的木偶人項圈。

陳仕鵬似乎是鐵了心：「反正我不會還妳，要拆就拆掉吧，妳要說我說話不算話也好，要說我出爾反爾也好，我都不在乎。」

周筱蕾抓著木偶人項圈，那是她跟男友僅剩的一點點連結，儘管現在應該說是前男友了，但是她不願意放手，因為這條項圈如果拆下來，就表示她跟前男友僅剩的回憶終止了，而且木偶人的契約也就這樣正式宣告結束。

「我要妳陪我逛夜市。」陳仕鵬說著。

周筱蕾把手放下來：「逛完夜市就會還我嗎？」

陳仕鵬沒有回答，轉身離去的時候，周筱蕾不管願不願意，已經低著頭乖乖跟在後面。

在陳仕鵬心裡一種非常異樣的感覺在蔓延，那是一種說不出來的成就感，一種彷彿可以支配別人的興奮感，那彷彿死掉的心臟，在這一瞬間劇烈跳動起來，他跟蘇晴談戀愛，然後結婚，認識到現在這十幾年來，已經很久不知道心跳加速的感覺是什麼了。

但是現在，他卻有種重新復活的感覺。

那是一種大男人的支配與征服，從來沒有在蘇晴身上獲取過的優越感，這時候在這個大學女孩身上，他感受到了。

尤其是在經歷過蘇媽媽的撻伐與轟炸以後，他想要收復那已經殘破不堪的男人尊嚴，這個漂亮的女孩，正是他找回男人尊嚴的最佳媒介，一劑猛烈的特效藥。

當天晚上，周筱蕾乖乖挽著陳仕鵬手，像個小女朋友一樣依偎在陳仕鵬身邊，她好幾次好奇的偷瞄了這個男人。

在夜市裡面，除了因為周筱薔沒有穿內衣的關係，挽著陳仕鵬手臂的時候，柔軟的胸部偶爾會觸碰到陳仕鵬以外，這男人完全沒有做出什麼脫序的行為。

他先買了一支豬血糕，然後叫老闆多加一點花生粉還有香菜，他咬了兩口之後就推給周筱薔，並且用木偶人APP命令她吃下去，周筱薔並不討厭吃香菜，雖然是陳仕鵬吃過的，但是神經緊繃了一整晚的她也餓了，而且因為自己男友不吃香菜，所以當陳仕鵬命令她吃掉香菜的時候，入口的香菜讓周筱薔想起，她似乎也已經很久沒有嘗過這個味道了。

接著陳仕鵬跑去夾娃娃店，投了一百塊，抓出一隻大娃娃也不管周筱薔要不要，直接硬塞給她，並且命令她收下。

陳仕鵬買了大份的地瓜球，買了一個莫名其妙的相框，最後離開的時候買了章魚小丸子，並且加了雙份的芥末醬，他們兩個坐在路邊把章魚小丸子吃掉，陳仕鵬開心的笑了：「今天晚上好開心喔，爽。」

周筱薔完全不理解陳仕鵬的行為，她疑惑的問：「你很久沒有逛夜市了嗎？」

陳仕鵬看著天空，開心的說：「很久了，打從我結婚之後，我老婆不喜歡逛夜市，她說夜市的東西都很髒，所以我們幾乎不逛夜市。」

周筱薔跟陳仕鵬兩次接觸，雖然裝有木偶人APP的手機落在他手上，但是也隱隱約約可以感覺得出來這個男人不是什麼壞人，他只是被悶壞了吧，周筱薔問：「也沒有自己跟朋友一起來過？」

陳仕鵬苦笑著：「沒有，我記得上一次我真的受不了叫她跟我一起逛夜市好像是兩年前吧，她不喜歡吃香菜、花生粉，所以買了豬血糕，她堅持不肯加這兩樣東西，然後她不喜歡吃地瓜球，不喜歡我亂花錢，說夜市的相框都是劣質品叫我不要買。」

周筱薔沒有說話，只是靜靜的吃東西聽陳仕鵬說。

陳仕鵬嘆了口氣：「我喜歡抓娃娃，她說我愛現，夜市的娃娃都是仿冒品，通通不是正版的，我們不應該拿這種東西回家，這是在助長盜版的猖獗，還有愛抓娃娃的男人感覺一點都不穩重，我常常都覺得，人生需要過得這麼嚴肅嗎？」

周筱薔還是沒講話，章魚燒小丸子快被她吃光了。

陳仕鵬搖頭看車水馬龍的街道：「然後她就會跟我說，我就是過得太不嚴謹了，所以才會一事無成，我爸爸也一事無成，她看不起我、看不起我爸爸，我知道她家有錢，所以我拚了命的想要得到她爸爸的認同，但是根本沒用，一點屁用都沒有。」

周筱薔伸手輕輕的拍了拍陳仕鵬的肩膀。

陳仕鵬有點訝異的看著她，眼神裡帶著疑惑。

周筱薔笑著說：「你不是要跟我討拍拍嗎？我現在給你拍拍阿。」

陳仕鵬反問：「拍拍？拍拍是什麼意思？」

周筱薔笑了，用手輕輕拍了拍陳仕鵬的頭：「就是這樣阿，拍拍你的頭，乖乖的，不要哭喔。」

那一瞬間，陳仕鵬突然覺得這女孩臉上，彷彿有著一種溫柔的光芒，他嘆了一口氣：「今天晚上我不想回家，陪我去看夜景吧，我知道有一個地方的夜景很漂亮。」

周筱薔小心翼翼的問：「看完夜景，就會把手機還我嗎？」

陳仕鵬沒接這一題，只是拿出手機，輕聲說著：「陪我去看夜景。」

周筱薔愣住了，因為看到陳仕鵬脆弱的一面，所以她忘記了誰是主人誰是玩具，當陳仕鵬拿出遙控手機的那一瞬間，她彷彿才想起來，自己現在仍然是匍匐在鬣狗爪子下的羊羔。

而這一份臣服感，是周筱薔所習慣跟依賴的。

似乎不管操控她項圈的人是誰，她都可以很習慣的依賴著對方，保持自己一直以來的狀態。

特別是這個男人，似乎沒有她想得壞。

# 12

那一輛誇張的四人座高級進口的保母車，就這樣一直開過了荒煙漫草的羊腸小徑，最後陳仕鵬把車停在半山腰。

山腳下可以看到萬家燈火，夜景美的讓人讚嘆。

而且這個地方一個人都沒有，看得出來大概是只有在地人才會知道的私房景點。

車子一停下來，周筱薔就問：「好了，夜景看到了，現在可以讓我回去了嗎？」

但是陳仕鵬根本不想理她，熄火，打開了天窗，滿天的星斗燦爛著。

周筱薔無奈的問：「你到底怎樣才肯把手機還給我？」

陳仕鵬不說話，指著天空就說：「妳懂星座嗎？很可惜我不懂，不過常常一想到天空中有很多星座就很浪漫。」

「我也不懂，所以手機？」

陳仕鵬把手機放在儀表板上面。

周筱薔伸手想去拿，但是陳仕鵬突然開口說：「不准碰。」

周筱薔的手，就這樣停在半空中，她看了陳仕鵬一眼，然後就好像有個人把她的身體給扯回副駕駛座那樣：「你？」

陳仕鵬淡淡的說：「乖乖的坐好，我想看夜景，陪我看夜景吧。」

周筱薔無奈的皺起眉頭閉著嘴。

兩個人就在車裡這麼沉默了十幾分鐘，周筱薔實在忍不住了：「沒見過男生喜歡看夜景的，你是第一個。」

陳仕鵬還是淡淡的模樣：「我覺得看夜景可以讓我的思緒沉澱。」

「你可以沉澱我不能阿。」

「那是妳的事情，不想看就睡覺。」

周筱薔提高了音調：「我也想睡阿，但是怎麼睡，我想上廁所，這裡有廁所嗎。」

沒想到周筱薔竟然會這樣說，陳仕鵬指著車子旁的草堆：「想上就下去上阿。」

周筱薔非常不高興的看著他：「我才不要下車，下面看起來就很多蟲的樣子。」

「不然就在車子裡上阿，我找找看有沒有保特瓶。」

「欸，你不是認真的吧，叫女生在車子裡上廁所？一點都不紳士好嗎。」

陳仕鵬指著車子外面那烏漆嘛黑的草堆：「很煩耶，那就下去上，現在，立刻。」

周筱薔本還想發火，但是就在這時候，她脖子上的項圈，卻發出了幽微的光芒。

周筱薔看著陳仕鵬。

陳仕鵬也看著周筱薔。

下一秒周筱薔的身體就不由自主的動了起來，這時候他們兩個才突然想到，放在汽車儀表板上的木偶人APP似乎根本沒有關。

周筱薔睜大了眼睛看了陳仕鵬一眼。

取消指令？摘掉木偶項圈？

這個念頭，同時在兩人腦中閃過。

但是陳仕鵬咬著牙，看起來沒打算取消指令的意思。

周筱薔呼吸漸漸急促，她把手伸到脖子上按著那條木偶人項圈。

陳仕鵬搖搖頭，堅定地看著她。

周筱薔的手無法控制的拉開了車門，然後她跨了出去。

身體，不由自主的站起來。

因為外面很黑，所以周筱薔打從車子停好之後就一直不肯下車，但是現在她的動作完全不是自願的。

周筱薔下車之後，背對著汽車打開了外套的拉鍊。

陳仕鵬這才想起來，周筱蔷外套裡面是沒有穿內衣與內褲的。

所以當周筱蔷解開了褲子的鈕扣之後，陳仕鵬直接就看到兩片白皙的小屁股，接著周筱蔷就緩緩蹲下。

一個女孩在自己面前脫褲子，這種經驗除了自己的老婆之外，陳仕鵬從來沒有第二次的經驗，而且最讓人受不了的是，這個女孩不但沒有停手，一陣讓人心神蕩漾的流水聲還從這女孩的胯下傳來。

陳仕鵬劇烈的喘著氣。

心臟都快要從嘴巴跳出來了，她從來沒有做過對不起老婆的事情，最多就是看A片打手槍，真槍實彈的看女生小解這種事情，他這輩子還沒做過。

就連蘇晴都沒有在他面前小便過。

蘇晴是一個非常嚴謹的女生，就算他們兩個結婚了，依然不肯在陳仕鵬面前上廁所，不管兩個人試過什麼樣的床上花招，小便這件事情好像是蘇晴的罩門一樣，說不准就是不准，只要是蘇晴上廁所的時候，不管陳仕鵬在浴室裡面做什麼都必須要出去，或者蘇晴打從一開始就會到另外一間廁所，總之她絕對不可能讓自己排泄的模樣被看到。

但是此時此刻的周筱蔷卻在陳仕鵬面前小便，他們兩個嚴格說起來認識的總時數加在一起，大概還不到二十四小時。

「衛、衛生紙。」周筱薔把手伸長長的。

陳仕鵬擦掉額頭上的汗水，然後拿了一包衛生紙下去，他走到周筱薔旁邊。

周筱薔別開臉：「走開，變態、變態。」

陳仕鵬將衛生紙扔下，轉身上車。

周筱薔也上來了。

他們兩個一語不發都只是看著前面的夜景，一種說不出來的詭異氣氛在他們兩個之間蔓延。

也不知道過了多久之後，陳仕鵬重新發動了汽車。

周筱薔什麼話也沒講。

蜿蜒的山路上，這兩個人就這麼彼此安靜，一直到快下山的時候，周筱薔才說：「男人都是變態？」

陳仕鵬辯解著：「我哪知道，我只是開玩笑，哪知道APP沒有關。」

周筱薔別開臉看著窗外，小小聲的說：「藉口，男人都這樣。」

又陷入一陣沉默。

陳仕鵬載著周筱薔一路回到她在學校旁邊的租屋處，已經凌晨五點了。

其實一路上陳仕鵬都在想，木偶項圈不是可以自由拿下來？那剛剛那個狀況，為什麼周筱薔不把木偶項圈拿下來？難道周筱薔也忘記了嗎？他不理解也不敢問，不知道這種問題到底該怎麼問出口。

其實周筱薔沒想過把木偶項圈摘掉嗎？

或許有，但是摘掉了之後呢？這地方還是沒有廁所，她還是需要小便，如果忍不到下山，那不是更尷尬，與其去陷入這樣的尷尬狀態，不如趁著陳仕鵬的命令去做，至少那一份心理壓力跟責任，不是在自己身上的。

一直到最後陳仕鵬把車子停在一棟老公寓底下之後，周筱薔二話不說轉頭就出去。

陳仕鵬看到放在車上的手機，他趕快拿起手機喊了一句：「欸，妳的⋯⋯。」

只是他話沒說完，就看到周筱薔走到公寓大門口的時候突然回頭扔下了一句話：「你想上來嗎？」

陳仕鵬愣住了，乾咳了兩聲：「咳、咳，妳說什麼？」

「沒事。」

宿舍大門關上了，周筱薔消失在公寓的大門裡面。

陳仕鵬看著手上懸在空中的手機，他連忙甩甩頭努力穩定自己的情緒，不知道怎麼搞的，他突然感覺自己有點失落的看著前方。

而且剛剛周筱薔是打算邀他上去嗎？

他懷疑自己有沒有聽錯？

## 13

蘇晴知道陳仕鵬跟她娘家的關係非常不好，但是她總是想努力在兩造之間取得一絲絲和諧，哪怕是強求也好，只要她的父母不繼續看不起自己老公，老公也不要處處針對自己父母，或許她就可以再盡量努力一點點。

但是畢竟銅板一個敲不響，她父親是叱吒風雲的人物，所以父親在言語之中，總是不經意流露出瞧不起人的感覺，但是她始終堅信著，只要她繼續堅持努力，一定可以改善，或者至少可以找到方法。

蘇晴悶悶不樂的從計程車上下來，等她到飯店的時候，門口服務生連忙過來幫她開車門。

這個服務生似乎對她已經非常熟悉：「蘇小姐嗎？蘇先生跟蘇太太在九樓等您。」

蘇晴點點頭，提著自己的包包就搭電梯一路上去九樓。

這裡的服務生也早就熟門熟路了，所以喊的是蘇小姐，而不是陳太太，很顯然就是蘇媽媽早有交代，等一下要來的人是小姐，而不是太太。

九樓的餐廳非常寬敞，電梯門一打開，服務生馬上迎上來，然後非常有禮貌的對蘇晴說：「蘇小姐嗎？來，我們這邊請。」

穿過了風格簡約的走廊，兩排透明玻璃的酒櫃裡塞滿各式各樣的酒品。

最後服務生拉開了一間包廂的門，包廂裡一張大圓桌，一對中年夫婦就坐在裡面，在夫婦旁，還有一個帥氣而精瘦的男人，正有說有笑的與蘇建斌聊著天，這個男人留著乾淨俐落的髮型，穿著西裝，雖然沒有打領帶，但是眼神中流露出自信光彩，而且他的脖子上，有著一個類似辮子的刺青。

這個男人正是李成順，義聯企業社中被譽為毒蠍的男人，也是那天出現在林倩倩小宅裡面的男人。

包廂門打開之後，蘇晴只是非常鎮定的看著自己的父母親：「爸、媽。」

蘇媽媽伸出手來對蘇晴說：「唉唷，晴晴，怎麼這麼晚？來，這邊坐。」

蘇建斌有意無意的看了包廂外一眼，然後什麼也沒有問直接就說：「來，晴晴，給妳介紹一下，這是爸、媽的朋友，他叫李成順，義聯工程企業社的幹部，李先生，這是我女兒，蘇晴，我們都叫她晴晴，以後都是自己人，你也叫她晴晴就可以。」

李成順馬上對蘇晴點頭，拿起桌上的杯子就致意著：「原來是蘇小姐，難怪這麼漂亮，看起來好年輕，是不是大學生阿？」

聽到女兒被誇獎，蘇媽媽燦爛的笑著，但是蘇晴本來就不是省油的燈，這種交際場合她早就見怪不怪，甚至早把義聯工程的底給摸得清清楚楚，所以則笑著把右手放在桌上，似乎有意露出手指上那枚讓蘇媽媽認為是恥辱的戒指：「謝謝李先生誇獎，但是我不年輕，已經是個人妻了。」

蘇晴回答雖然不失禮，但是擺明是給了對方一個軟釘子，又在一開始就表明自己已婚的身分，以杜絕後續的麻煩事。

只不過，露出這顆戒指彷彿觸動了蘇媽媽的敏感神經，她當年就非常不悅，以她家的條件，要幾克拉的鑽戒沒有，甚至她也放話，如果陳仕鵬買不起沒關係，她可以買給自己女兒，看是 Tiffany & Co. 的最新款，還是卡地亞、寶格麗隨便挑選。

但是蘇晴一口回絕，她表明只要這枚三十分的戒指就好，理由是這樣的戒指戴出門比較放心，真的弄丟了也不至於心疼太久，而且能趕蒼蠅又不炫富剛剛好。

李成順露出訝異的表情：「不愧是蘇阿姨的千金，看起來就是天生麗質，結婚了還是跟蘇阿姨一樣漂亮。」

「是你過獎了，這孩子被我們寵壞了。」蘇媽媽笑著打圓場。

李成順突然想起什麼似的，趕快看了看門外：「疑？那丈夫沒有陪妳一起來嗎？所以這頓飯是不是你們的家庭聚餐？如果是的話，那我這樣打擾就不好意思了。」

「不是，不是什麼家庭聚餐，而且你才是自己人阿，對不對？」蘇媽媽馬上開口。

蘇晴悶不吭聲，她明明記得要陳仕鵬準時出席，但是不知道為什麼，現在卻沒看到陳仕鵬的人影，畢竟陳仕鵬沒來是事實，多說什麼來把場面搞得更僵也沒意思。

蘇建斌則小聲的對蘇晴說：「這位李先生從以前就是我的朋友，長久下來我們一直希望可以有機會合作，但是總是沒有適當的機會，現在剛好碰到一些事情，我們都覺得機會來了，剛好你們又都是年輕人比較有話聊，所以想說介紹你們認識一下，多認識個朋友，沒有壞處吧。」

李成順，絕對算不上年輕人，儘管跟蘇建斌相比，或許李成順是年輕的，但是要是跟蘇晴比較起來，李成順大了她少說五、六歲絕對跑不掉。

然而生在蘇家，為了拉近彼此距離，蘇晴已經非常習慣這種逢場作戲的飯局，為了父親的生意，不管有什麼情緒，都只能暫時壓下去。

蘇晴只是點點頭：「爸，我知道該怎麼做。」

蘇母同時在桌子底下，拍拍蘇晴的手，露出滿意的笑容，他們的女兒，從小就是這樣讓父母滿意、老師滿意、上司滿意、誰都滿意的乖乖牌，一百分的好模範，不論她心裡願意不願意，至少帶她出門，飯局上絕對有面子。

因此，蘇晴主動舉起酒，敬了李成順一杯。

李成順也滿意的回敬。

飯後，李成順展現紳士態度，儘管找了代駕，還是親自送喝了一點酒的蘇晴回家。

蘇晴坐在李成順的車子裡，雖然蘇媽媽一直說年輕人如果不想這麼早回家，出去走走也沒有關係，但是蘇晴還是很堅持要回自己的家。

「妳還有想去哪裡嗎？」李成順問著。

蘇晴搖搖頭：「送我回家就可以了。」

李成順沉默著，市區的紅燈很多。

突然一輛機車呼嘯而過。

蘇晴的眼睛裡放出了一種很特別的光彩。

李成順冷冷的說：「這些騎機車的就不能安靜一點嗎？」

蘇晴沒說話，眼角餘光只是看著那一輛高速飆過去的機車，然後冷冰冰的問：「我爸找你做什麼？」

李成順似乎很滿意蘇晴主動開口跟自己說話：「妳爸有一個建設案，要一塊地，但是地主有點麻煩，我們義聯這邊剛好可以幫忙處理，而且妳爸想控制成本，我這邊又……呵呵，妳也知道，河床上游最不缺的就是土方、砂石，那妳說我們能做什麼？」

蘇晴生在這樣的家庭，這種事情看多了，雖然很看不慣，但是其實也不能說什麼，當下只是把臉別開。

李成順跟蘇晴有一搭沒一搭的聊著天，也不在乎蘇晴對他的感覺怎麼樣，突然開口就問：「妳打算什麼時候要離婚？」

## *14*

這個非常不禮貌又粗魯的問題一扔出來，蘇晴本來就不太好的表情頓時間垮了下去：「你說什麼？」

但是李成順似乎一點都不怕蘇晴，冷冷的重複一次剛剛的問題：「我問，妳什麼時候要離婚？」

「我為什麼要離婚？」蘇晴別開臉看著窗外。

李成順笑了：「妳媽都跟我說了，她很不喜歡妳老公，說是個吃軟飯的傢伙，而且妳們夫妻相處的也不是十分融洽，不然不會這麼多年了連個孩子都沒有，她跟我說今天出來吃個飯，如果我們兩個都有意思的話，她會處理妳的婚姻，我跟前妻離婚也有一段時間了，想找個人穩定下來，我覺得妳是一個不錯的對象。」

「李先生，我們今天第一次認識耶，你覺得你的這個話題恰當嗎？」蘇晴不高興的回應。

李成順看了看她，然後不安分的把手，放在蘇晴的膝蓋上：「妳對我，一點意思都沒有？」

蘇晴神色一沉，並沒有主動把李成順的手撥開，而是冷冰冰的說：「沒有，抱歉，我不知道你的自我感覺怎麼會這麼良好，但是我剛剛就說過，我已經有老公了，而且，我跟我老公生活得非常融洽，沒有小朋友是因為我們都覺得還不到時候，等我們覺得時機成熟了，我相信該有孩子就會有孩子的。」

「是嗎？怎麼蘇媽媽跟我說的一點都不一樣呢？」李成順沒有把手收回來的打算。

「我媽怎麼想我不知道，但是我要很清楚的告訴你，我有老公，而且我很愛我老公。」蘇晴咬著牙，堅定地看著李成順。

聽到蘇晴不斷強調有老公，而且態度又宛如鐵板一塊，李成順也不自討沒趣，淡淡的把手收回來：「我無所謂，但是妳們蘇家就你一個女兒，妳覺得妳的老公能幫得了蘇建斌嗎？晴陽建設事業這麼大，在商場上碰到的風風雨雨，妳老公不但什麼都幫不了他，甚至還要躲在他的保護傘底下過生活，嫁給這樣的老公，妳真的覺得對得起妳爸爸？」

「我們的愛情，沒有你這麼多的算計跟權謀。」蘇晴別開臉，不開心把手抱在胸前，表現出十足的抗拒：「而且你說你是義聯工程的人，新聞不是說你們義聯的老大……嗯，董事長剛剛過世？你怎麼能像什麼事都沒發生過一樣阿。」

李成順有點訝異的看著蘇晴：「妳知道我們義聯的事情？」

蘇晴看著窗外，話都沒說。

李成順倒是笑了：「不愧是蘇建斌的左右手，情蒐的這麼完整，難怪很多道上的叔叔伯伯都說，晴陽建設的小公主，如果是個男的，恐怕蘇家的規模，要翻上一倍都不只。」

蘇晴很有禮貌的點了點頭：「謝謝誇獎，但是女人又怎麼樣？為什麼一定要是男人才能有一番事業？」

李成順笑了：「蘇小姐，我真是越來越欣賞妳了。」

蘇晴把臉別開，立刻把剛剛的話題抓回來，反守為攻的問回去：「你的誇獎我已經收下了，但是你還是沒回答我，義聯的董事長剛剛過世，你現在就來跟我家談合作，是不是太急了一些，就我所知，義聯企業社，應該……目前暫時不是由你當家作主？」

「哈哈哈哈，像我們這種兄弟出來混的，哪個不是有今天沒明天？」李成順表情驕傲：「蘇小姐也不用這麼委婉，可以直說沒關係，現在的義聯，的確不是由我當家做主。」

蘇晴轉過來，目光直視著他：「既然如此，那你是用什麼身分跟我爸談合作？」

李成順突然把領帶鬆開，拉下自己的衣領，露出脖子上那條蠍子刺青：「這條毒蠍，代表了義聯輩份，土龍死了還不打緊，底下四個堂口也被一併拔掉，義聯到了改朝換代的時候，而我，是他們的唯一選擇，妳說我有什麼資格？」

蘇晴眉頭微微蹙起。

李成順知道，既然蘇晴摸過他的底，就代表蘇晴也肯定知道他沒有說謊，就算李成順目前還不是義聯的老大，但是以繼位人來說，李成順是目前最有機會的。

看到蘇晴沉默，李成順把扣子扣回去，將脖子上的毒蠍收好：「蘇小姐，其實我也知道對你們來說現在我還有利用價值，等哪天要是我沒有利用價值了，你爸也是會把我一腳踢開，所以不是只有我需要妳父親，妳父親一樣需要我。」

蘇晴不願意多看李成順一眼，把臉別開說：「不用說，我不可能背叛我老公，不管你跟我爸的商議怎麼樣，那是你們兩個之間的事情，不要把我的婚姻捲進你們的謀算裡面，我要的婚姻，就只是平平凡凡的過日子，現在的我，很好。」

代駕把車給停下來，車子被停在蘇家提供給蘇晴的社區前面。

蘇晴什麼都不想繼續說了，不管李成順跟蘇建斌有什麼盤算，蘇晴認為，只要讓李成順看到這房子就足以證明，他們小倆口過得很好，至少表面非常祥和。

但是蘇晴下車之後，李成順馬上從襯衫口袋掏出一張名片塞過去：「不用急著拒絕我吧，我覺得世界上的事情都很難講，今天你或許不屑一顧，但是明天，很有可能就是妳求著跟我說話。」

蘇晴很想揉爛這張名片扔到李成順的臉上。

但是李成順卻淡淡地說：「別忘了，今天我們兩家是合作，我需要你們，蘇建斌同樣需要我，如果我們不是一家人，如何在同一條船上呢？那些土方、砂石，也沒寫名字非要提供給晴陽，蘇小姐，妳說是吧？」

蘇晴雖然心中一把怒火，但是她也已經看到李成順的手機上，已經顯示蘇媽媽的來電。

李成順刻意把手機拿起來在蘇晴面前晃來晃去，然後就笑著把手機接起來：「是，蘇媽媽，我把晴晴送到家了，妳不用擔心啦。」

聽到這句話，蘇晴提高了音調，用一種電話那端她媽媽絕對能夠聽到的聲音，非常不高興的說：「我告訴你，李先生，我愛我老公，我老公也愛我，我不會背叛我老公，我老公也不會背叛我。」

話一說完，蘇晴轉身就走，李成順也笑著把車窗關上，讓代駕開車揚長而去。

## *15*

躲躲藏藏，縮在便利商店角落，努力平復著心情的吳建一拿起手機，打給了林倩倩。

「建一？」

一聽到林倩倩的聲音，吳建一馬上用顫抖的聲音說著：「倩、倩姐，任務，完成了。」

原本他還以為林倩倩會給他誇獎，萬萬沒想到林倩倩的語氣只是非常冰冷的說：「你是白癡嗎？完成了為什麼要打電話給我，你不知道警方會查通聯紀錄嗎？」

吳建一就像一條看到主人很興奮的想要衝過去討摸頭的小狗，突然挨了主人一巴掌一樣的不明所以。

林倩倩接著說：「我不跟你多說，你找到公用電話再打給我，就這樣。」

「嘟。」林倩倩非常無情的掛掉了電話。

吳建一趴在桌上，不知道為什麼，他覺得有一種好深的被遺棄感，渾身上下的肌肉不斷抖動，不知道為什麼他就是很想顫抖，明明天氣不冷，明明他曾受過的訓練比士龍的體重更重上兩倍都有，但是為什麼他現在覺得這麼沒有精神，好像剛跟女友做完了十幾次的愛一樣。

吳建一摸出口袋的零錢，騎著機車在城市裡面漫無目的尋找公用電話亭，這座城市裡面，投幣式的公用電話題幾乎已經絕跡的，所以他只能到處亂繞，哪怕這座城市，各大新聞媒體版面已經為了這件事情而爆炸。

林倩倩躺在沙發上，她面前有兩杯拉圖酒莊的紅酒，拉圖酒莊的酒，雖然對年輕人來說，是比較老牌的紅酒，但是在一九六三年酒莊改革後，去除掉酸澀口感，保留強烈渾厚的風味，特別是對一些喜歡烈酒又追求紅酒的人而言，拉圖酒莊，可以說是他們心中歷久彌新的第一品牌，更有酒皇的稱號。

前方的巨大螢幕正播放著，「〇宴酒店喋血事件，人稱綽號士龍的義聯企業社董事長與四大堂主在酒店金龍廳遇害，其中掌法『周玉龍』身中三十七刀，刀刀致命，目前送加護病房，到院時已無生命跡象，四大堂主也全部都在加護病房，目前尚未脫離險境，本台將持續為您追蹤報導。」

林倩倩把聲音轉小，表情興奮的露出微笑。

剛回到屋子，洗好澡的李成順下半身圍著浴巾，上半身赤裸著走過來，他拿起桌上的紅酒就喝。

林倩倩笑著看李成順：「你晚上去找誰啊？那些老傢伙，真的會支持你上位嗎？」

李成順淡淡的說：「呵呵，要讓那些老傢伙支持我，總是要拿出一些成績，我只需要再借一把東風就萬事俱備了。」

林倩倩笑著指著新聞說：「怎麼樣？我就說他有天分吧？」

李成順回頭看了新聞一眼，用一種低沉而有磁性的聲音說著：「妳小心一點，絕對不可以讓火燒到我們這邊來，知道嗎？」

「我辦事，你還有不放心的嗎？」倩姐笑著說：「土龍的身邊這麼多人，他們絕對不會想到，我找了一個他們見都沒見過的大學生下手，出來混終究是要還的。」

李成順裸著上半身，昂起脖子把紅酒喝下去。

「那這件事情，三位長輩有說什麼嗎？」倩姐問著。

「廢話，還能說什麼，罵死了。」李成順把紅酒杯放回桌上：「不過那又怎麼樣，他們三個只剩兩個還能動，一個開小吃店、一個開樂器行，孫伯在的時候，他們就已經是架子上的吉祥物，現在給他們的選擇不多了。」

話一講完，李成順就把浴巾解開。

林倩倩歪著頭，注意力還是都在新聞報導上面：「唉呀，你擋到我了。」

李成順冷笑著拿起扔在沙發上的手機：「過來。」

而此時的吳建一躲在電話亭裡，抓了一把零錢，躲躲藏藏的投進了硬幣。

「倩姐，我找到公用電話了，我要跟你說，我完成任務了。」

「嗚……很好……。」

吳建一的聲音興奮著：「那我現在該怎麼辦？倩姐，我可以去妳那邊嗎？」

「不可以。」

被拒絕之後，吳建一心中一陣失落，他咬著牙，想到那喋血的場景，自己幾乎是九死一生的爬出來，但是電話那頭的女人，卻若無其事的在吃著晚餐。

吳建一不甘心的接著問：「不可以嗎？那我現在應該要去哪裡？我看到新聞，好像鬧得很大耶，倩姐，我該怎麼辦？」

「咳咳咳……。」一連串的咳嗽聲在電話裡響起。

「倩姐，妳到底有沒有在認真聽我說話！」

儘管吳建一現在已經是驚弓之鳥，但是聽到林倩倩心不在焉的聲音，他也不禁微微地發出怒意。

但是面對吳建一的怒火，林倩倩完全不予理會，甚至提高了音調：「吳建一，誰准你用這種態度跟我說話。」

吳建一被吼了一聲，低下頭唯唯諾諾的說：「我、我不敢，我只是擔心倩姐。」

電話裡面林倩倩劇烈的喘著氣：「好，算了，我只是被嗆到了而已。」

「那我現在該怎麼辦？我可以去哪裡？倩姐會照顧我的，對嗎？」

林倩倩過了大概三十秒之後才說：「你先想辦法躲起來，我會讓人去接你，安排你先暫時離開台灣，除了我的人之外，誰找你都不要相信，知道嗎？」

「恩，好，我知道了。」

話一講完電話就斷了。

吳建一看著繁華的城市天空，低頭看著螢幕上顯示「寶貝」兩個字。

看著這個無法撥出去的號碼，吳建一落下了淚，淡淡的將手機關機。

蹲坐在電話亭裡面，吳建一痛哭著，他想起了自己高中的那幾年。

「預備、跑。」

體育館內的吳建一，在訓練館內來回的折返跑。

那是高中一年級的事情了，一百八十幾公分的他，剛剛加入學校的自由搏擊校隊，並且在全北區運動會拿下高一組的冠軍。

在汗水與陽光交織的那個暑假。

吳建一遇到了他的女友，在一個他最意氣風發的時候，那個女孩來到吳建一面前。

吳建一幾乎是第一時間就愛上了她。

只是那女孩說：「要當我的男人，就是要有肩膀，我吃我男人、喝我男人、住我男人，如果不是我的男人，我看都不會看他一眼，吳建一，你願意嗎？」

吳建一點頭表示願意。

女孩問他，知道怎麼證明嗎？

為了這句話，吳建一拚命打工賺錢，最後甚至荒廢了課業，一肩扛起他們兩個的生活費。

而女孩也心甘情願地為吳建一戴著木偶人項圈。

吳建一那天興奮的抱著女孩，小心翼翼的玩著這個他得來不易的玩具，聖誕節那一天，他簡直像一隻抓著小鳥的孩子，捏太緊怕鳥死了，放太鬆怕鳥飛了。

總而言之，那一天的他，是全世界最幸福的人。
只是這一份幸福，持續了半年。
他開始發現，原來一個稱職的「主人」並不是這麼好當的。
除了每天醒來吃穿用度全靠他的打工薪水之外，女孩只要想買的東西，吳建一哪怕自己不吃飯都要給她買來。
女孩想去的地方，吳建一風雨無阻都一定會帶她去。
終於在某一年的暑假吳建一崩潰了，那一天在去接女友的時候，在街道上，他發了瘋似的把憤怒落在那兩個變態男人頭上。
然後就在吳建一被逮，宛如落水的小貓，正在驚慌失措，連嗆好幾口水的時候，林倩倩出現。
大了他好幾歲的林倩倩，叱吒風雲、指揮若定而且還鼓勵他、帶領他。
跟女友出去的時候從來都是吳建一主導，但是跟林倩倩在一起的時候不一樣，林倩倩有主見、有想法，甚至每次出去都不用花吳建一半毛錢。
包括那惱人的官司，都被林倩倩處理掉了。
這讓扛了兩人生活的吳建一，感覺到輕鬆。

也讓他終於認知到，他們太急於長大，在自己都還沒準備好的時候，就以為自己可以翱翔天際，然後在跌跌撞撞中摸索，在遍體鱗傷中醒來。

原本肩膀上甜蜜的負擔，彷彿成了一身甩不去的贅肉。

彼此拖著彼此。

到了最後，吳建一終於受不了這一切，自願掛上了林倩倩的木偶項圈，然後把遙控周筱蕾的手機給了林倩倩，林倩倩把遙控手機賣了，然後讓李成順去車站交易。

## *16*

周筱蕾上樓之後把宿舍的門打開，房間裡面的氣味非常難聞。

吳建一縮在角落，不僅沒有開燈還把窗簾拉起來，這種學校外面的小房間通風本來就不好，把窗戶關起來之後空氣就更是糟糕。

現在房間門被打開，光線灑進來，吳建一馬上閉上眼睛縮起身體喊著：「不要開、不要開，關起來。」

周筱蕾用嫌惡的眼神看著吳建一。

她走到窗戶邊，手才剛碰到窗簾，吳建一就馬上吼著：「不要開，我叫妳不要開。」

周筱薔嘆了一口氣，拖著疲憊的身體趴在床上：「算了，不開也好，我好累。」

吳建一慢慢的靠過來，小聲的說著：「妳去哪裡了？」

周筱薔冷冷的說：「我去找男人了，可以嗎？我昨天晚上在一個男人家裡過夜，我跟他搞翻了，他前前後後上了我三次，怎麼樣，你在乎嗎？」

吳建一沉默了。

周筱薔冷笑著：「你不在乎，反正你不是我的男朋友了，你也不會在乎。」

吳建一低著頭，皺起眉頭想要伸手去拉周筱薔：「薔薔，不要這樣，我知道妳沒有，妳不是這樣的，妳只是為了氣我才這樣說對不對？」

但是周筱薔用力拍掉吳建一的手：「不要碰我。」

吳建一劇烈喘著氣：「我只是關心妳。」

周筱薔冷笑：「關心我？你如果真的關心我，就不會把手機丟掉，你如果關心我，就不會在我進來的時候，只在乎被人看到，而不在乎我昨天晚上去了哪。」

「我哪有不在乎，我很在乎阿。」

「你屁，你一點都不在乎，你別以為我不知道，吳建一，我太了解你了，你把我扔下的時候，我就知道你其實一直都是這樣的人，只是我選擇相信你，但是到頭來傷的還是我自己而已。」

小房間裡面，兩個人陷入一陣沉默。

只有劇烈的呼吸聲，在兩人間不斷的徘徊。

那情緒就好像桌球，被打過來又打回去。

過了好久吳建一才開口：「為什麼妳一直都沒有把木偶項圈拿下來？」

周筱薔撇嘴笑著：「因為我傻，我一直都覺得這是我們共同的特別回憶，只要我還戴著它，我就會覺得自己還是你的女人，自己還是那一個你愛的老婆，那個曾在撞球場外面，為了我打趴了十六名學長的男人，不過你放心，我會拿下來，總有一天我會拿下來，等我夠了、醒了，我就會把它給拿下來。」

吳建一癱坐在床邊，他用雙手抱著腦袋：「妳知道，我其實有多羨慕妳嗎？」

「羨慕我？」周筱薔反問著。

吳建一用力搖著頭，然後他把頭轉過去，露出脖子上的木偶項圈：「我多希望，項圈是裝在我身上，手機是在妳手裡，妳知道嗎？妳要我去做什麼我都會為妳去做，妳要我幹什麼我都願意，只要是你的命令我都願意，但是我知道妳不是這樣的人，因為妳是周筱薔，妳需要的是一個依靠，而我是男生，男生就是應該要給女生依靠的，儘管我很不願意，但是我必須要這樣。」

周筱薔苦笑著摸摸自己脖子上的項圈。

吳建一緊抓著床單：「妳不懂，妳應該要可以懂得，但是妳不懂，妳只會要求我，妳只會叫我必須扛起這一切，我扛不起來，我沒有辦法，妳不懂嗎？」

「所以你就找一個願意指使你的？就算她給你的命令是要你去殺人放火，你也願意嗎？」

這句話就像一把槌子，直接打在吳建一心中。

過了不知道多久，他才用沙啞的聲音說著：「倩姐，不會扔下我不管的。」

「我才不想管他叫倩姐還是什麼鬼的，跟我一點關係都沒有。」周筱薔還是冷淡的說：「你要縮在這裡就縮個高興，我要去洗澡然後睡覺。」

話講完之後，周筱薔就直接把衣服脫掉走進浴室了。

吳建一緊緊抓著手機，從上次用公用電話打給林倩倩之後，接下來不管他怎麼打這支電話，這支電話都變成語音信箱了。

「媽的，操。」吳建一終於忍不住，直接把手機扔出去，宛如一頭憤怒的公牛，直接脫光了衣服就走進浴室。

浴室裡面。

吳建一從後面摟住周筱薔。

兩個年輕的身體，赤裸著。

周筱薔拚命的掙扎，但是吳建一壯得就像一頭公牛，周筱薔根本不是他的對手，加上兩人同居了這段時間，吳建一再怎麼粗枝大葉也知道該往哪裡進攻。

周筱薔雖然極力抗拒，無奈在吳建一那炙熱的唇吻了上來。

浴室的溫度升高。

周筱薔逐漸變得主動，瘋狂的索吻。

吳建一感受到女孩的回應，更是發狂的將她擁入懷中。

然後周筱薔就蹲了下去，雙手緊抓住吳建一那年輕，孔武有力的分身。

小口，微張。

然而，吳建一卻突然退了一步。

周筱薔訝異的看著他。

吳建一搖頭：「不、不要，很髒，不要這樣。」

周筱薔的眼神，就像一隻受了傷的幼獸，死死盯著吳建一。

吳建一劇烈喘著氣。

蓮蓬頭的水，不斷落下。

周筱薔尖銳的聲音，吼著：「呀！」

吳建一別開臉，這麼多年了，他不能接受這樣的性愛，縱使天下男人都喜歡，但是他就是不愛，他覺得這樣很髒，不喜歡就是不喜歡，他們兩個在一起這麼多年，這件事情的不和諧，從來沒有因為做愛次數的多寡而有所改變。

但是這樣的閃躲，讓周筱薔也很受傷。

她覺得自己就像一個欲求不滿的蕩婦，好像自己已經很卑微的想親近對方，卻被對方一腳踢開，那種糾結與痛苦，讓她非常不適應也非常不喜歡，不管多少年都沒改變。

## 17

早晨，陳仕鵬跟蘇晴坐在餐桌上，兩人安靜的吃飯。

陳仕鵬沒有問那天晚上載蘇晴回來的那個人是誰，蘇晴也沒有問陳仕鵬為什麼沒有出席飯局。

兩人只是安安靜靜地吃完早餐，然後陳仕鵬就說：「妳知道義聯工程企業社的董事長被殺了嗎？」

蘇晴愣了一下：「知道，今天我爸就是希望我陪他去出席義聯的公祭。」

「公祭？真有妳爸的風格，但是妳叫妳爸最好自己注意一點，黑道不是好惹的。」

「為什麼突然這樣說？」

「妳爸不是有項目打算跟義聯合作？」

「仕鵬，你怎麼會知道？」

「你媽說的。」

蘇晴停下手上動作，他看著陳仕鵬：「你有來？」

陳仕鵬冷冷的說：「妳媽是我載去的，妳說呢？」

蘇晴有點急了：「所以你沒上來吃飯，是不是因為我媽對你說了什麼？」

陳仕鵬別開臉：「那一點都不重要，反正說來說去還不是就那幾句，如果妳真的在乎我感受，就把車庫那台破車換掉。」

「仕鵬……還是你今天跟我一起去，我們一起跟我爸說說看？」蘇晴放低了姿態。

但是這個低姿態，讓陳仕鵬更加火大，他直接站起來：「妳想去就自己去，我說過了，黑道都不是好惹的，到時候妳們就不要引火燒身。」
蘇晴也趕快站起來：「合作案的事我相信我可以好好控制的，那今天跟我一起去找我爸可以嗎？」
陳仕鵬拿起手機：「我今天要進去報帳，不好意思，沒辦法當妳的司機，我自己騎機車去，放心，我會幫妳叫好代駕。」
「仕鵬……。」
陳仕鵬直接拿了安全帽，走向那台蘇媽媽最瞧不起的摩托車。
這輛機車從大學時代就跟著他，前些年還曾跟蘇晴去環島過，但是漸漸的、漸漸的他越來越少碰這輛機車。
在這個豪華的社區裡面，這輛機車，就好像潔白牆上的一塊小汙點。
這汙點彷彿是過往的回憶，每次蘇爸爸、蘇媽媽如果有來，對於這輛機車總是嗤之以鼻，還好蘇晴知道他的想法，加上蘇晴也是個念舊的人，因此在蘇爸爸如刀劍般的目光下，這小機車才終於有個安享晚年的棲身之所。
陳仕鵬把車罩掀開，拍了拍機車的灰塵，跨上去之後發動了引擎，年輕時候改過的排氣管發出熟悉的聲浪，那聲音彷彿是機車在抱怨他，為什麼這麼久沒有來摸摸自己、看看自己。

陳仕鵬穿著西裝，背著公事包，他覺得待在家裡好悶，他不想要一個人對著電視發呆，與其在家裡待著還不如到通訊處去。

畢竟在他公事包裡面，有一份屬於他的保單在等著他，如果要跟蘇家龐大的家產比起來，這一份保單，大概就是九牛一毛，但是金額不重要，重要的是這是一份榮耀。

不管別人知不知道過程，反正這是他人生第一張真正意義上的保單，是靠他自己的力量簽下來的，這屬於他的榮耀，他必須去拿下來，就如他們處經理給他們灌輸的觀念，保險，沒有不好的，哪怕是偷拐搶騙，都是為了客戶好，因此通訊處的所有人，只會為你收下的保單喝采，沒有人會管你這張保單的來源。

機車騎在路上。

和煦的風迎面吹來。

陳仕鵬想著，這段時間以來，他不只一次跟自己說，不要再去靠近周筱薔，蘇晴很好，照顧自己照顧得無微不至，自己能夠有今天這種安穩的生活，都是來自於蘇晴，蘇爸爸、蘇媽媽是蘇爸爸、蘇媽媽，蘇晴是蘇晴。

但是不知道為什麼，當他靠近周筱薔的時候，那心跳加速的感覺，那青春的身體，那紅潤的雙頰，每一樣都十分吸引著陳仕鵬，就像今天晚上的機車一樣，一種年輕而熟悉的感覺。

他沒想過要背叛蘇晴，他也覺得自己不可以對不起蘇晴，只是以一個結了婚的男人交友權利去靠近一個女大學生罷了。

所以這一次報完帳，處理了這一份保單，陳仕鵬告訴自己，一定要離周筱薔遠遠的。

「今天我要特別表揚我們的新人陳仕鵬專員，請大家為他鼓掌。」

處經理趙叔在通訊處晨會時候大力讚揚著陳仕鵬。

陳仕鵬從會議室最後面被拱的站起來。

趙叔伸出他那肥肥胖胖的雙手，拿著麥克風大聲說：「我們請陳仕鵬專員上台來為大家分享，他是怎麼收到這麼棒的一張保單，而且告訴大家，這可是一張陌生拜訪的單子喔。」

「喔！」、「太強啦。」、「仕鵬根本是新星阿。」、「很快就能上高峰了，再努力一點。」、「最強新人啦，我看馬上就升主任啦。」

通訊處的各級主任、經理、襄理等發出讚嘆的鼓掌與歡呼。

陳仕鵬笑著上台，宛如眾星拱月般的走上去。

以前他都是在台下鼓掌的那一個。

今天終於輪到他了，這是他的高光時刻。

他上台之後拿著麥克風，大家都安靜下來。

「其實就是照著大家教我的，聽話照做，然後勤勞努力地去跑，就一定會有好的收穫。」

趙叔馬上補問：「那關於陌生拜訪，你有什麼祕訣跟大家分享嗎？」

陳仕鵬笑著：「其實我覺得讓對方感受到你的真誠很重要，要讓對方真的感覺到你是真心為他好，而且保險也是真的能夠幫到他的，這樣一來他願意接受推銷的機率就會變得很大。」

趙叔用力鼓掌。

通訊處中所有長官也馬上跟著鼓掌。

不過就在陳仕鵬感覺到飄飄然的時候，門口的助理小姐趕快跑進來，他小聲的在處經理耳邊說了一句話。

趙叔原本歡樂的表情稍微垮下去，當著所有人的面，他走上台，小聲地對陳仕鵬說：「助理說，通訊處門口有個女生找你，她說她叫周筱蕾，好像就是你報的那張保單的要保人。」

陳仕鵬神經瞬間被拉緊，他趕快放下麥克風。

趙叔冷冷地說：「最強新人？你該不會沒搞定吧？」

陳仕鵬吞了一口口水，尷尬的說：「不會、不會……。」

趙叔冷笑：「你這個月的業績我已經幫你算進去了，要是被抽單，我看你要去哪裡找一筆單子來補。」

陳仕鵬趕快走下台：「沒事、沒事，我去跟她說，不用擔心，這單子絕對不會抽。」

趙叔點點頭，還是小聲地說：「不會最好。」

說完，陳仕鵬急急忙忙跟助理往前台去。

趙叔則是站在台上，又恢復那一副嘻皮笑臉的樣子：「好啦，沒事，我們最強新人有夠忙的，才講沒幾句話就有客戶找他了，你們幾個萬年業代有沒有看到，加油啊！要向仕鵬看齊，不然在這裡待久了，會變成大師兄喔，哈哈哈哈。」

趙叔笑得很開心，所有主管也笑得很開心，只有台下幾個坐在前面的業代面色鐵青，陳仕鵬臨走的時候看了這群同事一眼。

趙叔用眼角餘光一邊看著陳仕鵬，一邊對通訊處的業代們喊：「來，我們來一次精神喊話，大家跟我一起來……。」

「高峰在望、極峰可期。」

「高峰在望、極峰可期。」

不管怎麼樣，這一瞬間，陳仕鵬是愉快的，至少這種被一大堆人注目的壓力，終於暫時可以轉移到別人身上了。

## 18

結果當陳仕鵬出現在通訊處外面的時候，周筱薔看到他的第一句話就是要把保費拿回去。助理雖然低頭做事沒看他們，但是陳仕鵬知道周筱薔說要抽單的事情，絕對在今天下班之前就會傳進處經理耳朵，所以為了穩住她，陳仕鵬二話不說馬上先帶她離開通訊處再說。

只要離開了這裡，就算周筱薔真的要抽單，那也不是今天能做到的。

坐在陳仕鵬的機車上，陳仕鵬看她眼眶紅紅的，感覺剛剛哭過。

「抱我。」陳仕鵬說著。

周筱薔愣了一秒，然後慢慢把手伸到前方，緊緊地摟住陳仕鵬。

在整個城市的霓虹燈襯托之下，他們兩個宛如流星般在車水馬龍的街道劃過，那是一種不屬於這個年紀的速度，危險而且張狂。

「你為什麼想抽單？」陳仕鵬問著。

周筱薔說：「為什麼不把手機還我？」

陳仕鵬想了一下：「因為平常很悶，多了一個玩具誰不想多玩一會兒，而且我是花錢買的好嗎？」

周筱薔歪著頭，靠在陳仕鵬身上：「你老婆不好玩嗎？」

「玩？我不要被她玩就不錯了，上次在車裡妳又不是沒聽到，我那個岳母根本沒把我放在眼裡。」

「為什麼？」

陳仕鵬看到紅燈，停下了機車：「我岳父是建設公司的老闆，一個出入就是幾個億，我家只是該死的死老百姓，怎麼跟他們那種大老闆比，所以她爸看不起我，我當業務員，就是希望有一天可以讓她爸把那個看不起人的目光給我收回去。」

「多好阿，老婆的建設公司的千金，多少人想娶這種女人娶不到。」周筱薔嘆了一口氣。

「好個屁。」一變綠燈，陳仕鵬猛灌油門，機車在十字路口發出巨大的聲浪，兩旁來來往往的路人都不禁看了他一眼：「她什麼都要管，什麼都要抓在手裡，我簡直就是她的傀儡，你看過傀儡戲嗎，那些木偶的身上有一條一條的繩子，我覺得我就是那樣的一隻玩具。」

周筱薔沉默了。

陳仕鵬也突然沉默下去。

他赫然發現自己說了一個令人尷尬的話題，因為手機還在他口袋裡，如果周筱薔沒有把項圈拿掉的話，那現在周筱薔也可以是他的玩具。玩具與主人之間的關係，似乎存在每一段相處之中，無關乎木偶人ＡＰＰ與木偶項圈，但是這感覺只在陳仕鵬心中閃過，接著他選擇無視。

陳仕鵬無奈的補充：「其實這也不是最讓人受不了的，最讓人受不了的是她爸媽，那怕我們已經結婚了，他們還是想盡辦法要給蘇晴介紹男朋友，然後逼她跟我離婚。」

說到這裡，兩人沉默了一會兒。

過了許久之後周筱薔才問：「為什麼跟我說這些？」

陳仕鵬冷冷的回應著：「因為妳是陌生人，這些話，我只能對陌生人說。」

聽到陳仕鵬這樣講，周筱薔又是一陣沉默，然後她才說著：「說的真好，有時候我們心裡的話，對越熟悉的人反而越說不出來，對越陌生的人，反而可以侃侃而談。」

機車停在一個小公園旁邊，陳仕鵬因為太久沒有騎車，突然這樣激烈操駕而喘著氣：「怎麼樣？妳也有心事？」

周筱薔脫下安全帽之後皺起眉頭，想了一下才慢慢說著：「你不是問我為什麼想把錢拿回來嗎？」

陳仕鵬警惕的說：「先說，我是不會把錢還你的。」

周筱薔無奈的說：「今天看新聞，有一則新聞不知道你有沒有看到，酒店的兇殺案。」

「竹宴酒店那一個？」

周筱薔點點頭。

陳仕鵬把安全帽脫下來就說：「現在全台灣的電視台都在報這條新聞，要不注意很難吧？」

周筱薔嘆了一口氣就說：「那個嫌疑犯，是我男朋友。」

陳仕鵬愣了一下，然後努力回想著新聞報導的那個男孩子，跟那天在車站廁所和他交易的人似乎完全不同。

不過到底是不是同一個似乎也已經不重要了。

周筱薔苦笑著說：「他有跟我連絡，他不知道要躲去哪，所以問我可不可以暫時先躲在我們的宿舍，等他的老闆幫他把外面的事情都打點好了之後，他就會離開台灣。」

「妳有答應他嗎？」

周筱薔沉默了。

陳仕鵬彷彿突然明白了什麼：「所以電視裡面那個通緝犯，在妳的宿舍裡面？」

周筱薔沒有正面回應，只是淡淡的說：「我從高中就跟他在一起了，那時候我們很窮，兩個人每餐都要很節制，後來他去打工說要養我，他每天加班，我們有點錢之後就搬到現在住的地方，我好開心，我們努力的存錢，希望等到他退伍之後就立刻結婚，但是有一次他為了救一個小女孩打死了人，遇到一個叫做倩姐的女人幫他請律師，之後我就覺得他越來越不對勁了。」

陳仕鵬沒有講話，他跟這個女生認識以來，這是第一次兩個人講這麼多話，或許這女生也需要發洩，因此陳仕鵬沒有打斷她，就如同剛剛說的，人是一種很奇妙的生物，活得越久，越熟悉，反而越不敢講真話，越陌生，好像越能把自己內心的黑暗面給說出來。

周筱蕾接著說：「後來有一天，我想讓他開心，所以我把我脖子上的項圈配對權交給他，我告訴他我永遠是他的，原本我還以為這樣可以讓他永遠開心，但是後來他跟我說要分手，我也不知道他為什麼要這樣，接下來打他的電話就都打不通……。」

陳仕鵬有點愣住。

周筱蕾看著陳仕鵬就問：「那個、那個保費的錢，我想要拿回來，他說如果倩姐不管他，他可能必須要想辦法跑路，我身上全部的錢都給他也不夠，所以我想問你，如果保費我想要解約的話，可以拿回多少錢？」

周筱蕾的保單根本還沒有下來，根據保險法，保單出單之後，要保人有十天的考慮期間，這十天內只要退單，保險公司是需要完全無條件把保費退還的。

但是如果周筱蕾退單，那陳仕鵬這段時間以來，唯一一件可以說口的事情就沒了。

「當、當然不行。」陳仕鵬板起臉說著：「妳想清楚，妳竟然要拿那些保費去幫助一個在逃的嫌疑犯？」

「他是我的男朋友，我愛他，不然我還能怎麼樣。」周筱薔哭了。

陳仕鵬馬上把口袋裡的手機摸出來。

看到陳仕鵬手裡打開的《壹貳參，木偶人》的APP。

周筱薔愣了一下。

陳仕鵬看著周筱薔就說：「不准再提要退保費的事情。」

周筱薔閉嘴了，眼淚止不住的往兩頰滑落。

或許這就是周筱薔的心思，她自己拒絕不了吳建一，所以她把事情說出來讓一個第三者來幫她拒絕，而這個第三者，就是陳仕鵬，只是這到底是不是周筱薔的心思呢？

陳仕鵬不知道，或許周筱薔自己也不見得知道。

這時候，大雨，傾盆而下。

## 19

陳仕鵬最討厭的一件事情就是騎機車遇到大雨，騎機車碰到大雨就只能變成落湯雞，再帥的男人都不帥了，哪怕是一台能遮風避雨的破二手車都比機車來得帥。

「下雨了，上車吧。」陳仕鵬連忙戴上安全帽。
周筱薔也把安全帽給戴回去坐上了機車。
大雨中，機車飛馳著。
當陳仕鵬最後把機車停回周筱薔宿舍樓下的時候，她還是緊緊摟著陳仕鵬沒有要下車的意思。
「我，不想回去。」周筱薔說著。
陳仕鵬看了公寓一眼，他什麼都沒有說，只是加足了油門離開。
機車停回車庫的時候，兩個人全身上下都濕透了。
陳仕鵬打開門就說著：「上來沖一下熱水澡吧，這樣會感冒。」
周筱薔東張西望著：「這就是你老婆的房子？」
陳仕鵬淡淡的說：「是籠子。」
周筱薔突然笑了：「就算是籠子至少也是華麗的。」
電梯直接從地下室越過一樓大廳上到他們的房子。
一打開門，周筱薔打了一個噴嚏。
陳仕鵬馬上拿了一條大浴巾給她：「先圍著，浴室在那邊，進去沖個澡吧。」

周筱薔點點頭，她簡直就像是一條被主人遺棄的流浪狗那樣，一路滴著水然後躲進浴室。

陳仕鵬脫掉衣服、褲子，厚重的衣服扔進洗衣籃，然後他就看到那支沒有型號的手機從口袋裡面掉了出來。

一種，非常異樣的感覺油然而生。

此時此刻，家裡沒人，蘇晴跟他爸媽去談生意了，推測至少要到晚上才會回來。

而浴室裡面，有一個會任由自己操控的女孩，正洗著澡。

陳仕鵬吞了一口口水，他看著那浴室的門。

那個門，是不能鎖的。因為這個家就只有蘇晴跟陳仕鵬兩個人，平常時候陳仕鵬對蘇晴又敬又愛，蘇晴不准他闖進來，他打死不可能去碰那一扇門一下，但是這時候浴室裡面的女孩，不是那個自己敬重的妻子。

他的呼吸加速。

空蕩蕩的房間裡，只有他自己一個人以及那浴室裡傳來的流水聲。

陳仕鵬咬緊牙關，緊握著手機。

雖然有很多次，他顫抖的手，把手機拿起來又放下。

可是他仍然不斷的跟自己說，雖然蘇晴管著自己很多事，雖然自己很沒自由，但是這不就是婚姻，沒辦法選擇的，很多事情只能夠認命，而且重點是自己的老婆，沒有做出任何對不起自己的事情。

甚至自己看到的這一切，如果沒有蘇晴，他大概就和周筱蕾一樣，還住在那大學附近的小公寓裡面吧，每天要忍受著往來車輛的引擎聲，賣烤玉米的喊叫聲，深夜情侶吵架聲、狗叫聲等等。

陳仕鵬常在想，如果有上帝視角，從這個視角看下去。

路旁的小攤販，正在賣力烤著玉米，底下車水馬龍的，人潮排隊等著香噴噴的烤玉米，而僅隔了一堵牆的女大生，正脫光了衣服，躺在床鋪上，雙腿張開接受男友的征服與撻伐，牆壁的另外一邊防火巷內，一群男生，把弱小的同學推倒霸凌。

各種各樣的慾望，無論是食慾、性慾、控制慾與征服慾，在這個城市裡上演，慾望都是一樣的，差別只在於，是否優雅。

「啪、啪。」陳仕鵬走到洗手檯邊，用冰冷的自來水打了打自己的臉頰。

「清醒一點，陳仕鵬，不要對不起你老婆，要追求刺激的方法有很多，沒必要這樣傷了自己又傷了別人。」

冷靜下來之後，陳仕鵬擦乾身體，換了一身睡衣，然後走到客房整理著床鋪，今天晚上他是不可能把周筱薔趕出去，而且蘇晴今天晚上也可能不會回來，既然這樣的話，那就留這女孩一晚上過夜不打緊，嚴格算起來這女孩是自己的客戶，家裡也有客房，只要做好分際，留宿一晚並不過分，蘇晴也不會多說什麼。

但是就這樣等著、等著。

一個小時過去了，浴室裡面水聲依舊，女孩卻完全沒有要出來的意思。

陳仕鵬坐在客廳，看著浴室的方向，發著呆，就這樣又過去半小時。

陳仕鵬腦子裡面一大堆亂七八糟的想法不斷打轉。

最後，他站起來，走到浴室邊。

隱隱約約中，彷彿聽到浴室裡面的嗚咽聲。

她在哭？

陳仕鵬深深吸了一口氣，稍微大聲的說著：「妳還好嗎？」

似乎是情緒被打斷了，周筱薔擦去淚水將水關掉，但是因為蘇晴個子嬌小，身材比例跟周筱薔完全不同，衣服非常不合身，所以陳仕鵬只好拿了自己的衣服給她。

陳仕鵬努力無視著剛剛她的淚水說：「今天晚上我老婆不會回來，妳就睡客房吧，明天看怎樣明天再討論，妳也累了吧，早點休息。」

周筱薔點點頭：「有吹風機嗎？」

陳仕鵬指著旁邊的置物櫃：「那邊有，妳自己來，換我去洗澡。」

當他跟周筱薔擦身而過的時候，他從周筱薔的領口往下看，畢竟剛剛淋了這一場大雨，兩個人的衣服都濕透了，而且這時候周筱薔穿的又是陳仕鵬的背心，寬鬆的領口可以很直接就看到衣領裡面，一片空蕩蕩的雪白，而且那木偶項圈，依然掛在周筱薔的脖子上。

陳仕鵬吞了一口口水，努力把自己的思緒給拉回來，然後就跑進浴室去了。

浴室裡，充滿了陌生的香味。

這些年下來，陳仕鵬聞慣了蘇晴的體味，這時候突然來了一個女孩子，就算用的沐浴乳、洗髮乳都一樣，但是因為女孩子的體香關係，仍然會有一點點的差別。

這時候的陳仕鵬坐在他最熟悉的馬桶上，那種臉紅心跳的感覺再一次湧上心頭。

就在這時候，陳仕鵬的手機響了。

他連忙整理思緒，指紋解鎖滑開自己的手機。

是蘇媽媽傳的訊息，訊息只有一張圖片。

點開。

圖片是一張照片，角度是蘇媽媽拍的，巨大的湯屋，湯屋裡面或坐或站的擠滿刺龍刺鳳的道上兄弟，各個全身赤裸，青面獠牙。

而不可思議的是，在這溫泉裡面，有一個女孩，也是全身赤裸。

皮膚白皙的裸露著背部，跟脖子上有著蠍子刺青的李成順坐在一起。

那怕只有背影，或許別人不認得，但是陳仕鵬怎麼可能不認得。

因為這女孩的背影，正是蘇晴。

他的老婆。

陳仕鵬震怒。

## 20

蘇家的車子在溫泉會館外面停下來的時候，蘇建斌、蘇媽媽拉著蘇晴往裡面走。

門口接待櫃檯站滿了穿黑衣服的年輕人。

老闆娘非常有禮貌的接待他們三個，並且引導他們更衣。

他跟李成順在溫泉會館見面已經不是第一次了，畢竟泡溫泉兩個人一絲不掛坦誠相見，也可以有效的排除被彼此錄影錄音等疑慮，所以今天李成順又約了溫泉會館，其實蘇建斌並不意外。

但讓他感到意外的是，這次當他按照慣例要把手機交出來的時候，老闆娘不僅沒有收，還給了他一個透明的防水袋，跟他說為表誠意，這次手機不用留下，都可以帶進去。

蘇建斌一臉困惑的跟在老闆娘身後，他們穿過溫泉會館的長廊，走到澡堂的大湯屋。

蘇晴雖然沒來過這裡，但是她知道約溫泉會館的用意，也知道蘇建斌跟李成順其實在這裡見過不只一次面，她困惑的是，不用收手機的用意是什麼？如果不怕被竊聽、盜錄，那何必約溫泉會館？

蘇晴的困惑，同時也是蘇建斌的。

畢竟這可是義聯的地盤，他們做建商的儘管家大業大，可是有些時候在江湖上，雖然沒有錢萬萬不能，但是錢也不是萬能的。

大湯屋是裸湯，男女混浴。

想當然爾，在門口那些小弟的過濾之下，大湯屋裡，不要說除了幾十個義聯的男人之外，怎麼可能有女人泡湯，今天就連一般民眾都不敢隨便走進這間大湯屋。

輩分越小的越往門口靠，最後面的池子裡面，只有李成順跟兩個看起來其貌不揚的大叔。

這兩個大叔，一左一右，把李成順夾在中間，閉目養神。

蘇建斌、蘇晴跟蘇媽媽被擋在門口。

蘇建斌還一臉困惑的時候，他的手機響了。

是泡在池裡面的李成順打的。

「喂，蘇董，不好意思啦，因為你也知道，我們董事長剛剛過世，現在很多人盯著我，我必須要小心一點。」

蘇建斌語氣低沉的說：「順子哥什麼意思，是想用手機談生意嗎？」

「蘇董說笑了，你們都來了，怎麼可能讓你們站在外面。」李成順笑著對他們招招手：「當然是一起泡阿，蘇董又不是沒來過。」

蘇建斌咬著牙，沉默下來。

李成順看蘇建斌沒反應，馬上就補了一句：「是這樣，我之前跟蘇小姐說過了，蘇董要的那塊地，如果我們義聯出馬，應該很容易就能拿下來，更不要說蘇董要的貨，河床裡有多少砂石，我想應該也沒有人比我們更清楚。」

蘇晴看蘇建斌的表情越來越差，她低聲問了一句：「他想怎樣？」

蘇建斌壓著怒火：「他想要我們過去跟他談。」

「那就過去阿。」蘇晴正想往前走。

門口光著身體，只用白色浴巾圍住下半身的兩名年輕人就擋住蘇晴。

李成順笑著，大聲說：「只要是蘇家的人想進來，我肯定都歡迎阿，不過這裡是湯屋，哪有人進湯屋還穿衣服的，是吧？」

蘇晴愣了一下。

蘇媽媽則是馬上滿臉通紅，不高興地拉著蘇建斌的手：「哪有這種人，無賴，晴晴，我們走。」

但是蘇建斌沒動。

蘇晴看了父親一眼。

蘇建斌眉頭深鎖。

蘇晴冷笑，他是蘇建斌的女兒，晴陽建設的左右手，蘇建斌的想法，還有整個局勢到底傾斜成什麼樣子，有些時候她甚至比自己的父親更清楚。

更不要說，這時候蘇建斌一猶豫，蘇晴就知道自己爸爸的心思了。

項莊舞劍，意在沛公。

原來這一局，就是沖著蘇晴來的。

蘇晴當下接過父親手裡的電話，她也不客氣了劈頭就問：「地契跟砂石，義聯能提供？」

蘇建斌昂起脖子看著自己女兒。

李成順意氣風發地說：「那有什麼，土龍死了，四堂主也一起被端掉，除了我之外，呵呵，這麼說吧，義聯現在是捨我其誰，懂嗎？晴陽建設不跟我合作，想跟我合作的建商還得排隊。」

蘇晴冷靜的說：「那李董就打算這樣對待你的合作夥伴？」

李成順語氣依舊輕蔑：「怎樣對待？我吃什麼，我的兄弟就吃什麼，蘇小姐不是說了？憑什麼只有男人能有一番事業？這是男女平等的時代，既然男人可以，為什麼女人就不行？那好啊，既然這樣，要談就進來談，不談就滾蛋，只不過是泡個溫泉，要是今天蘇小姐是男人，還會猶豫嗎？」

蘇晴的目光，斜著掃過自己父親一眼。

蘇建斌眉頭深鎖，盯著遠方的李成順。

今天這局面，自己的父親到底知道多少。

蘇晴不想猜，也不願意猜。

「談。」蘇晴冷靜的一個字，鏗鏘有力地說出口。

然後大家都不敢相信，在這眾目睽睽下，她解開了腰帶。

那溫泉泡湯用的浴衣，直接被她脫下來。

蘇晴的皮膚，並不是非常雪白的那種，而是略微暗沉中帶著一些黝黑，加上她深邃的五官與一頭烏黑的秀髮，時常給人一種原住民的感覺。

但是當她衣服一脫，大湯屋裡的所有男人，都掩飾不住緩緩昂然挺立的身體。

穿著衣服看不出來，可是衣服脫掉之後，蘇晴豐滿胸部尖端粉嫩的蓓蕾，厚實沉重，雖然不是水滴般完美的胸型，但是那碩大渾圓的雙峰，以及下腹部讓人不可置信的茂密體毛，與她那清純彷佛大學生澄澈的臉蛋，簡直呈現巨大的反差。

最讓人想入非非的是，蘇晴堅挺的臀部上，還有一小塊圓圓的胎記。

這胎記似乎在向男人們炫耀著，那是只有得到她的男人，才能賞玩的專屬印記。

當蘇晴走進大湯屋的時候，那無疑就是一頭純粹無瑕的羔羊，走進了一堆狼群之中。

而這群狼的下半身，全部充滿沸騰的血液，那白皙的浴巾，全部不由自主地搭起帳篷。

尤其是當蘇晴穿過義聯那群年輕人，所有人都覺得，湯屋的溫度好像又上升了幾度。

而蘇晴則是裸著身體，直接走進了池子。

毫不猶豫的坐下。

李成順露出貪婪的笑容，伸手就想去摸蘇晴。

「啪！」可是蘇晴毫不給面子，一掌就把李成順的手拍掉。

看到這一幕，旁邊的年輕人想發怒。

李成順吞了一口口水，制止了他們。

「膽識不錯？」李成順緊盯著蘇晴的眼睛。

蘇晴不卑不亢地說：「既然你說是談生意，那我們就是平等的合作夥伴，雖然義聯可以給便宜的砂石，但是晴陽建設能夠提供更好的價格，我想這才是李董事長想要的結果吧？喔，說錯了是李代董事長？」

一句話，說的李成順本來輕蔑的表情收斂起來。

而李成順身旁兩位始終閉目養神的長者，這時候才睜開眼睛。

那充滿算計與城府的目光，瞄了這個看似溫柔、怯弱的女人一眼。

蘇晴接著說：「就如之前所說，義聯的前董事長剛剛過世，我估計貴社現在應該很亂吧？」

李成順咬著牙，眉頭微微皺了一下。

蘇晴目光收斂，不僅沒有在李成順的目光下展現羞怯的女人面貌，甚至反守為攻的盯回去：「李代董事長想要貴社內部支持，應該也希望可以爭取到更多的利潤，這樣你在義聯，應該才能站穩腳根，我說的對吧？」

李成順喘息聲不斷加速，他咬著牙，死死的盯著蘇晴。

蘇晴則是依舊平穩的語氣說：「只要李代董事長能夠做決定，那晴陽建設願意用市價收購義聯的砂石，且不問砂石來源，同樣的，我們希望義聯可以免費提供地契，到時候房子蓋起來，預售款我們七三拆帳，晴陽建設七成。」

「七三？」李成順覺得自己的喉嚨，異常的乾澀。

蘇晴突然主動的靠近李成順。

李成順被逼得不自覺身體往後傾。

蘇晴的身體，柔軟的像綿羊，那美麗又豐滿的胸部，簡直感覺抓一把都能滴出蜜來，尤其是那引人遐想的下半身，這種端莊美麗，幾乎是無懈可擊的女人，如果能夠征服她，讓她把下半身掰開，讓她的身體在自己胯下徹底綻放的話……。

李成順的思緒，直接被蘇晴給拉回現實。

蘇晴貼在李成順耳邊，小聲的說：「本來我爸是要提六四，多分一成給義聯，不過不管分幾成，這都是給義聯的福利，可是李董，讓女孩子脫衣服，是要付出代價的，我認為七三，才是合理的價格。」

李成順想動手，可是在眾多小弟面前，他動不了手。

畢竟這可是關係著義聯的未來，幾千口人的生計，還有他的江湖地位。

如果年輕個二十歲，蘇晴這麼一個赤裸的大美女在他面前光著屁股，他肯定二話不說直接撲上去，在場這些年輕人全部可以好好的輪著辱弄一把蘇晴這樣的大美女。

但是他已經不是那個精蟲衝腦年紀了，尤其是他想要上位，這麼多年，他在義聯人人唾棄，現在的局面對他來說，他也很清楚，是他人生中最關鍵的一刻，絕對不能被自己的衝動給左右，不管這女人有多美味可口，不管自己泡在溫泉裡的肉柱子有多堅挺，他都必須忍住。

蘇晴露出非常燦爛的笑容，接著就伸出手給李成順。

李成順瞄了左右兩邊的長者一眼。

兩位長者沒說話，只是緩緩起身。

當他們起身的時候，蘇晴看到那已經老邁鬆垮的皮膚上有著半甲刺青。

一個是青松、一個是翠竹。

兩位長者看都沒看蘇晴一眼，只是慢慢走出大湯屋。

當他們兩個走出去的時候，義聯的所有人都畢恭畢敬的讓開。

直到他們消失在湯屋中，李成順的臉上，出現了一種前所未有的輕鬆，最後他馬上伸出手，跟蘇晴握了一下。

蘇晴點點頭：「那就預祝我們合作愉快。」

蘇晴離開池子的時候，所有人都吞了一口口水，有人盯著蘇晴那赤裸又碩大的胸部、有人盯著那濃密又神祕的小腹、有人盯著那白皙結實豐滿屁股的胎記，還有那剛從池子上來，分不清楚是汗水還是溫泉水，讓人想入非非的身子。

李成順就這樣，眼睜睜看著這女人，搖著屁股，穿上衣服，退出了大湯屋。

那腹部濃密體毛底下的神祕花蕊，始終沒有被揭開，一條白皙赤裸的羔羊，搖著屁股走進飢餓的狼群，然後毫髮無傷，高雅的昂著脖子又走出來。

這就是蘇晴，能在床上當老公的蕩婦，在商場上當父親的助手。

她也期許自己，將來是當自己兒女的賢慧母親，集溫柔賢淑與殺伐果決於一身的女人。

只能說蘇晴也是有備而來，她早就掌握義聯的情報，李成順雖然是義聯第二代名義上的接班人，但是一但幫中權力出現真空時，底下小弟又不歸他管，他想上位，只能把早被土龍架起來當成吉祥物的更老一輩請出來。

對他們這些刀口上舔血的層級來說。

蘇晴的身子再美好，也美不過將來數不盡的女人與權力。

男人這種生物，越老越理性。

套一句蘇建斌常說的，「女人不穿衣服就沒有敵人，男人不脫褲子就沒有朋友。」所以那一天，蘇晴衣服脫的一絲不掛，大殺四方，池子裡沒人是她的對手，李成順緊緊抓住自己的褲子，池子邊義聯的兄弟都對他咬牙切齒。

可是陳仕鵬卻沒忍住。

## *21*

當陳仕鵬盯著自己手機的時候，他看到除了圖片之外，後續還有一大堆圖片，陸陸續續跳出來，這些圖片都是對話訊息的截圖。

「所以今天要穿得漂亮一點，就算是人妻，我相信女兒肯定還是非常有魅力的。」

「晴晴，不管怎樣媽今天還是要介紹一個男生給妳。」

「妳想辦法叫妳老公不要來。」

「反正我看他也不想跟我們吃飯。」

「上個月他就沒有來，而且他們那一家老的小的都是失敗者。」

「媽真的不想看妳將來跟著他繼續這樣吃苦，妳看看他媽媽跟著他的爸爸有什麼好結果嗎？」

「妳如果要打離婚官司不用怕，媽有的是錢請律師。」

「所以今天要穿得漂亮一點，就算是人妻，我相信女兒肯定還是非常有魅力的。」

自己的丈母娘，介紹男人給自己的老婆，這到底是一個什麼樣的概念。

怒火中燒的陳仕鵬，看到蘇媽媽把群組裡面的對話不斷發過來，而那個對話群組，發起人是蘇媽媽，這個群組裡有四個人，蘇建斌、蘇媽媽、蘇晴跟一個陳仕鵬不認識的名字，李成順。

蘇媽媽：「李先生，今天晴晴如果有得罪的地方，請多多包涵。」

李成順：「不會啦，蘇媽媽不要多想。」

蘇建斌：「那是你包容，她從小就被她媽媽慣壞了。」

李成順：「我還是覺得蘇晴是很棒的女生。」

蘇媽媽：「那你要安全把她送回去喔，要確定有回家才可以走喔。」

李成順：「哈哈，我知道，蘇媽媽、蘇爸爸不用擔心。」

陳仕鵬把手機塞進浴室的置物櫃裡，那心裡一直控制擺盪著黑白兩端的理智線，從以前到現在累積的，那些不斷跳出來的截圖與對話，直到他看到應該是專屬於他的蘇晴胎記在眾目睽睽下展露的時候，幾乎斷裂。

他站起來，怒火中燒。

血紅的眼睛瞪著那該死的手機：「媽的，什麼清純可愛都是裝的，賤女人。」

「碰。」

陳仕鵬推開了浴室的門。

他赤裸著身子，拿著手機走進客房。

周筱薔被他給嚇了一跳。

陳仕鵬對著《壹貳參，木偶人》APP冷冰冰的說：「放下吹風機。」

周筱薔吞了一口口水，她不明白陳仕鵬想做什麼，但是因為木偶項圈的關係，她還是乖乖的放下了吹風機。

陳仕鵬還是對著木偶人APP說：「站到床上去。」

周筱薔乖乖的，站上去。

陳仕鵬繼續下命令：「把衣服，脫掉。」

一聽這話，周筱薔愣住了。

她呼吸急促的看著這個男人。

但是陳仕鵬再一次催促著下令：「脫掉，一件都不准穿。」

周筱薔的眼神裡面，閃爍著各式各樣的光彩，但是在木偶項圈的效果底下，她仍然乖乖的把上衣脫掉。

她本來就漂亮，淋了一身的雨，沖過熱水澡之後根本沒有內衣可以穿。

因此當他把衣服一脫，那完美的裸體就出現在陳仕鵬面前。

纖細的腰，渾圓的乳房，嬌嫩的肌膚，還帶著點點水氣的秀髮。

陳仕鵬用沙啞的聲音說著：「內褲，也脫掉。」

這個命令，讓周筱薔羞的小臉霎紅。

表情驚慌失措地看著陳仕鵬。

蘇家柔軟的大床上，這個陌生的女孩，一絲不掛的張開腿，露出那粉嫩的花蕊，滿臉羞澀的對著這張床的男主人，也是蘇晴深愛的老公。

這個女孩雖然長得不一定比蘇晴漂亮，不一定比蘇晴能幹，不一定比蘇晴更能吃苦，不一定有蘇晴的溫柔，但是這個女孩子，比蘇晴更年輕，而且順從。

特別是這個又順從又年輕的女孩，像一隻螃蟹那樣兩腿朝左右分開，然後迎接赤裸男人鑽進她的胯下。

「不、不要……。」周筱蕾低聲哀嚎，修長的雙腿不斷顫抖。

但是陳仕鵬根本不管周筱蕾的哀嚎，他兩腿跨坐在周筱蕾身上，然後將周筱蕾逼到牆壁上。

那一面蘇晴每次只要做愛完，都會用來抬腳的牆壁。

然後陳仕鵬就把自己昂然挺立的巨物，塞到周筱蕾嘴邊。

周筱蕾當然知道他想做什麼，男人濃烈的氣息，一瞬間壓在她那美麗的臉龐上。

「不……。」周筱蕾別開臉。

但是這時候陳仕鵬卻對著手機說：「把嘴巴張開。」

一聽到這個指令，周筱蕾脖子上的項圈，發出了幽微的光芒。

然後就看她委委屈屈的落下淚，但是櫻桃般的小口還是緩緩張開，等著陳仕鵬碩大堅挺的物體。

陳仕鵬咬著牙，將壓抑了很久很久的分身，慢慢塞進周筱蕾的口中。

「恩——」從喉嚨發出的嗚咽聲與低吼聲，彷彿一片美麗的交響樂。

陳仕鵬恣意的擺動腰部。

周筱蕾只覺得此刻的自己，就像一個容器，任由陳仕鵬發洩的容器，那樣低賤、那樣廉價。但是這種廉價帶來的滿足感與衝突感，卻不斷在她柔弱的心中蔓延。

一直以來，在她男友身上得不到的滿足感，此時，塞滿了她那讓人充滿遐想又神祕的小嘴。

陳仕鵬緊緊抓著周筱薔的頭髮，將她逼到了牆邊，臀部緊緊的一縮。

「咳、咳……」周筱薔被突如其來的液體給嗆到了，她想吐出來，但是脖子上的木偶已經傳指令。

「不准吐出來。」陳仕鵬居高臨下，權威式的說著。

周筱薔用那流著淚的眼睛看著對方。

陳仕鵬則是透著一抹瘋狂、一抹囂張，眼睜睜看著，周筱薔拉長了脖子，努力將口中的體液給嚥了下去。

「趴在床頭。」陳仕鵬下令。

周筱薔只能不斷搖頭，「不要……。」

她甚至話都來不及說，身體已經乖乖轉過去，然後陳仕鵬直接把她的上半身摁在牆壁上。

對於陳仕鵬的霸道，周筱薔在木偶人項圈的作用下，完全沒有對抗能力，她只能背靠著牆，雙手被陳仕鵬抓著往牆壁上蘇晴與陳仕鵬的婚紗照一壓。

美麗的身體，完全展現在陳仕鵬眼底。

周筱薔跟蘇晴不同，蘇晴皮膚黝黑，周筱薔則非常白皙。

蘇晴的胸部碩大豐滿，周筱薔的胸部則瘦弱小巧。

蘇晴的乳首偏黑，周筱薔的乳首則粉嫩宛若櫻花。

尤其是當陳仕鵬靠近周筱薔頸子的時候，她雙腿幾乎都要軟了。

而陳仕鵬則是直接讓她上半身貼著冰冷的相框玻璃。

自己從後面抓住周筱薔的雙腿。

「哈……不……不要……。」

周筱薔完全可以感受到，自己早已經是一片泥濘的下半身，在那濃蜜的花蕊外面，陳仕鵬堅挺的下體，頂住了她的腔道口。

而周筱薔，早已無力阻止什麼，此刻的她，只能任由陳仕鵬進入。

理智線已經被蘇媽媽那張照片跟對話訊息給扯斷的陳仕鵬，完全不憐香惜玉的把腰一挺。

「阿……阿……。」

那一瞬間，周筱薔就像河邊被獵人弓箭射中的天鵝。

碩大無比，腫脹又堅硬的分身，直接塞進周筱薔狹窄的腔道。

周筱薔的身體直接被填滿，她的雙腿也再也支撐不住。

軟腳的瞬間，陳仕鵬挺著腰，用那專屬於男性的堅挺撐住周筱蕾瘦弱的身子。

本來就狹窄的腔道，被陳仕鵬霸道的頂住，周筱蕾只能努力翹起自己渾圓的小屁股，希望能夠為不斷顫抖的雙腿多爭取一些空間。

而陳仕鵬則是從後面抓住的她的手臂，試圖讓自己的堅挺，深深的刺進周筱蕾那濕潤泥濘的身體中。

「扣搭。」

就在這時候，突然間。

大廳的門，非常煞風景的開了。

窗外，雨不斷的下。

一雙高跟鞋的聲音，踏進了玄關。

陳仕鵬猛然驚覺，他在床邊對準了一樓玄關監視器上，看到了自己的老婆，蘇晴。

22

蘇晴站在門口，沒有立刻進來，因為蘇建斌也站在門口。

蘇晴把自己的父親擋下來說著：「爸，雖然目前看起來李成順的形勢很好，但是我覺得黑道終究錯綜複雜，我覺得雞蛋不能都放在同一個籃子裡。」

「妳以為我不知道嗎？」蘇建斌嚴肅的說：「但是義聯正好在世代交替，我們必須要押一方，如果被我們賭對了，那將來晴陽建設的發展會更順利。」

蘇晴板起臉孔：「所以你們就打算把我也賭進去？」

蘇建斌別開臉：「妳有差嗎，妳跟那個沒用的老公偷偷公證的時候，妳就什麼都輸了。」

蘇晴倔強的說：「我不這麼認為。」

蘇建斌嚴肅的說：「妳不這麼認為？妳就是太年輕，當年我就不該放縱妳去念什麼普通大學，就該照妳媽說的把妳送出國，今天也不會搞成這個樣子。」

蘇晴提高了音量：「我跟仕鵬好得很。」

話說完，蘇晴就把蘇建斌往門外推。

蘇建斌似乎也不想進屋子，進到這個有陳仕鵬的空間，他最後只是冷冷的扔下一句：「妳放心，我也不會這麼輕易就把妳賭上去，李成順需要為今天的野蠻付出一些代價。」

蘇晴冷哼著：「你就是嘴上說說，如果他真的順利當上義聯董事長，我看你巴不得把我主動送上去，總之我告訴你，我已經結婚了，你的算計，不要把我圈在裡面，今天是特例，以後再也不會有了，就這樣。」

話說完，蘇晴也不管她爸還想說什麼，直接把門關上。

當蘇晴關門的時候，房間裡面的陳仕鵬就好像被踩到尾巴的狗一樣直接把插在周筱薔泥濘腔道裡的分身抽出來，原本不斷收縮的身體突然失去依託感，周筱薔就像被丟棄的舊玩偶，儘管她白皙無瑕的大腿還在抽搐著，那剛被撻伐的身子還殘留著白濁又黏膩的體液。

此時她也只能卑微的緊咬手指，縮著身子想壓抑身體傳來的一波波快感，可是陳仕鵬已經發了瘋似的隨手抓了一垃圾袋，然後焦慮的把一地的衛生紙通通抓起來塞進垃圾袋裡。

垃圾袋先是被他扔進垃圾桶裡，然後又從垃圾桶裡面抓起來塞進衣櫥，接著又從衣櫥裡面扯出來。

原本裝好的衛生紙又散了一地。

他慌了。

慌得不知道該如何是好。

赤裸著身體的周筱薔也看著玄關的監視器，表情上，露出無可奈何的苦笑，她終究是外來者，這張柔軟又舒適的床，是屬於這個脫了高跟鞋，正往屋子裡走的優雅女人的。

最後蘇晴脫下高跟鞋的時候，陳仕鵬乾脆把那些衛生紙通通塞進床底下，然後用棉被蓋住床單，最後抱起周筱薔衝進浴室。

周筱薔冷漠又無奈的看著這個男人。

陳仕鵬作了一個噤聲的手勢，全身止不住的顫抖。

「叩。」臥室門開了。

蘇晴走了進來。

陳仕鵬關上了浴室的門。

蘇晴把包包放下放在梳妝台上：「老公？」

陳仕鵬放著水，故意大聲的回應著：「老婆？妳回來了？」

蘇晴點點頭，站在浴室外面說：「對阿，吃完了飯就回來，你還好嗎？怎麼這時候在洗澡？」

陳仕鵬大聲的回應著：「因為剛剛衣服沾到飲料就想說順便沖一下，妳談完生意不是都會去妳爸媽那邊住到明天才會回來嗎？」

「對阿，不過就想你了，所以就回來啦。」蘇晴帶著一種疲倦感的說：「老公，我們今天出去走走好不好？」

陳仕鵬看著坐在馬桶上的周筱薔，這一絲不掛的赤裸身體，讓人騷動的年經、緊實，但是這時候，他一點慾望都沒有的跟蘇晴對話著：「妳想去哪裡走走？」

「不知道，就隨便，都可以，我想去看海，可以嗎？」

「恩，好吧，那等我沖好之後，我們一起出去。」

「那我等你。」

周筱薔將手伸到陳仕鵬面前。

陳仕鵬不解的看著她。

周筱薔小聲說著：「手機。」

陳仕鵬愣了一下，他萬萬沒想到，這女孩居然這時候跟他要手機，老婆就在外面，他完全沒有拒絕餘地的兩手一攤，用氣音說著：「妳看我現在像是有手機的樣子嗎？我過幾天拿給妳。」

周筱薔順著他的手往下看。

陳仕鵬赤裸的身體，受到驚嚇後頹喪的身分，這時也對準了周筱薔美麗赤裸的身子。

或許陳仕鵬的話，說給誰聽大概都不會信，如果他會遵守約定，如果他願意還，這些天下來早就還了。

但是周筱薔卻點點頭，目光依舊停留在陳仕鵬下半身，接著她就小聲說著：「如果你說話不算話，我就大喊。」

陳仕鵬這種狀況，根本一點籌碼都沒有，只能低著頭：「我知道了。」

周筱薔沉默了一下，白皙柔軟的手，輕輕靠近陳仕鵬的下半身，然後緩緩搓揉著。

陳仕鵬沒想到周筱薔會有這個動作，本來頹喪的分身一下子又被她給弄得堅挺起來。

而周筱薔則是用手指輕輕劃過那昂揚的頭部，讓陳仕鵬身體傳來一波快感，他咬緊牙關，手掌放在周筱薔肩膀上。

這時周筱薔目光卻突然出現一絲狡黠，接著兩手頑皮的將陳仕鵬推向門口，自己則順勢退進浴室的黑暗中。

緊接把浴室門給打開。

門外，蘇晴看著一絲不掛的陳仕鵬：「……老公？」

蘇晴的目光，慢慢的，移往陳仕鵬堅挺如鐵的下半身。

「老公……。」蘇晴的臉頰有點紅紅的：「怎麼這麼有精神呀……。」

陳仕鵬把手放在後面，慢慢的把廁所門關上。

而蘇晴則是紅著臉，露出了淺淺的笑容。

陳仕鵬馬上尷尬的說：「就……就看到漂亮的老婆，必須硬起來，是一種禮貌阿。」

蘇晴紅著臉，別開頭。

當天晚上，在兩人確定都離開了之後，周筱薔穿好衣服，看了一眼那凌亂的床鋪之後就自己離開了這棟豪宅。

她拖著疲憊的身體，走回自己那五坪大的學生宿舍。

只不過讓她沒想到的是，一輛高級房車，就停在學生宿舍樓下等她。

李成順走下車。

周筱薔訝異的看著李成順。

最後李成順，對著周筱薔，張開了雙臂。

周筱薔說著：「順叔……。」

說完之後，她的眼淚，在臉上落下，然後跑向李成順懷裡。

李成順非常堅定地抱著她，開口說著：「沒事，不要擔心，順叔告訴妳，妳現在最主要的，是放心把書唸完……」

周筱蕾沒說話，只是安安靜靜地躺在李成順懷裡。

李成順拿了一大把鈔票給她。

周筱蕾收下了。

李成順摸摸她的頭，非常大氣的跟周筱蕾說：「……這些錢，花光了再找我，順叔在公司裡面好歹有些面子，不會讓妳餓到的。」

周筱蕾乖順的點點頭。

李成順開車走了。

周筱蕾將眼淚擦乾，轉身上樓。

沒想到站在樓下大門邊的，是吳建一，他緊緊摀著嘴，抓著手機開啟錄影模式，一句話都說不出來。

## 23

站在海岸邊的公園旁，陳仕鵬與蘇晴吹著黏膩的海風，看著一望無際的大海。

這種一邊山一邊海的景象，是他們兩夫妻很喜歡來的地方，也是他們很喜歡看的場景，假日午後不知道要去哪裡，他們倆夫妻就會到這裡來看看海，吹吹海風，依偎著一個下午就過去了。

蘇晴靠在陳仕鵬的身上：「老公，我們安排個假期，出去走走好不好？」

陳仕鵬低著頭，眼光飄忽不定：「你又不是不知道，我們的主管最近盯我盯得很緊。」

「你不是剛剛報了好幾萬的業績嗎？而且還是在車站隨機陌生拜訪就收到業績耶，那麼困難你都能辦到了，你主管應該可以通融一下吧？」

「那也只有這個月的業績好看，下個月、下下個月呢，業績在哪裡都還不知道。」

「你不要這樣想嘛，你只要跟自己說可以就一定可以的，我相信你，因為你是我的老公阿。」

聽到這句話，陳仕鵬別開了臉，一句話都接不上來，某種程度上來說，陳仕鵬也很希望可以像蘇晴這麼樂觀，偏偏現實的鐵拳，一拳又一拳的打在他身上，他一方面覺得靠木偶人項圈收下來保單實在算不是什麼功勞，另一方面又覺得，如果這個項圈不是單一配對，而是可以遙控所有人的意志，那該有多好。

蘇晴看他沒有回應，臉上浮現出笑容：「我其實有事情要跟你說。」

頓時間，陳仕鵬想起了蘇媽媽傳給他的畫面跟那些對話紀錄。

他眉頭深鎖著問：「什麼事？」

「我這次跟我爸媽吃飯，我爸說想拿下一塊地做開發，不過產權好像很複雜，但是我聽說趙叔似乎有點門路可以處理。」

「趙胖子？」陳仕鵬有點訝異，但是表面上依舊不動聲色，只是冷冷的回應：「不要跟我講妳爸媽的事，妳知道我沒興趣。」

夫妻兩人沉默著。

蘇晴小聲的說：「我只想說，如果你可以去跟趙叔說一下。」

陳仕鵬提高了音調：「我說了，我沒興趣。」

蘇晴嘆了一口氣。

其實她早就做好功課了，要拿下蘇建斌想要的那一塊地，其實也不是非找義聯合作不可，通訊處的趙叔人面廣，又剛好是陳仕鵬的上司，如果陳仕鵬肯稍微低個頭，去跟趙叔說一下，或許這件事情換個方式也能成。

但是陳仕鵬怎麼可能答應。

不是說陳仕鵬不肯聽蘇晴的話，也不是說陳仕鵬有多大的男子氣概。

只是這件事情牽扯到蘇建斌，那陳仕鵬根本不會放低姿態，特別是這件事情就算成了，到時候也不會有人在乎他，所有人在乎的，只是蘇建斌，這賣的依舊是蘇建斌的金面。

對陳仕鵬來說，特別是在他看到蘇晴和李成順泡湯的照片時，或許有一百萬句話想質問蘇晴，但是他一想到自己和周筱蕾上過床，那種報復感得到滿足的他，也不知道該用什麼樣的態度來面對自己的妻子。

就在這時候，蘇晴突然拿出手機，放了一個音樂，然後慢慢的站起來。

她拉起了裙襬，走到陳仕鵬面前，翩然起舞。

看著蘇晴的樣子，陳仕鵬突然覺得有一種很想哭的感覺，他把一路上想說的話通通吞回肚子裡面去。

在自己的老婆面前，他還是只能強忍淚水。

他們兩個剛剛認識就是因為這一支舞。

那一年的營火晚會上，大家圍著營火跳舞，交換舞伴的時候，陳仕鵬把蘇晴的手，讓給了他的兄弟。

原本他以為他們兩個可以修成正果。

哪知道半年之後，他的兄弟離開了蘇晴。

陳仕鵬靠近蘇晴的時候，她非常悲傷。

後來陳仕鵬才知道，原來他的兄弟有了別的女人，陳仕鵬因此義無反顧的追求蘇晴。

後來他終於牽起了蘇晴的手。

當兵一年，他跟蘇晴每個禮拜都見面，最後被他兄弟知道了，曾經大力批評、攻擊兩人，這樣的壓力，不只沒讓他們兩個分手，反而更緊緊的拉住彼此，甚至一次又一次的談判，蘇晴維護著陳仕鵬，陳仕鵬也維護著蘇晴。

那時候他們覺得他們肯定是天底下最幸福的情侶。

只是這樣的情感是愛情嗎？

蘇晴說是。

陳仕鵬也認為是。

年少輕狂的兩個人，把對方當作青春大海中的稻草，緊緊拉著。

所以後來不管蘇爸、蘇媽對於這種學生時代的愛情有多不以為然，蘇晴還是嫁給了陳仕鵬，兩人去偷偷公證結婚那一天，陳仕鵬拿出所有積蓄，就僅僅買了蘇晴手上那一只鑽戒，但是蘇晴卻說，有這枚戒指就夠了。

為了這句話，陳仕鵬感動的落下淚水。

多少年的驚濤駭浪都過來了，但是這一次，陳仕鵬真的沒有把握，如果可以的話，他希望昨天晚上的事情沒有發生過。

他的妻子是那樣的溫柔，自己卻背著老婆偷吃，根本就是一個大爛人。

只是人總是這樣，在自己懺悔的時候，第一個不甘心的想法就從腦海深處冒出來，昨天晚上，如果不是因為蘇媽媽那些訊息，自己也不會克制不住自己。

蘇晴跳完之後，朝陳仕鵬一鞠躬，然後笑著飛奔進陳仕鵬的懷裡，自從大學畢業之後，蘇晴就不曾跳舞給陳仕鵬看了。

蘇晴輕聲說著：「其實我也不是要你參加我們家的事情，只是希望你可以多了解我爸媽，他們或許沒有你想得這麼討厭你。」

陳仕鵬嘆了一口氣：「了解什麼，黑道跟建商生意上的往來嗎？」

蘇晴依偎著自己的老公：「建商背後如果沒有黑道支撐，那早晚只會淪為別的黑道口中的肥肉。」

陳仕鵬看著遠方的海浪起落，蘇晴知道，要一個人放下成見不是簡單的事情，她只盼望著自己可以一點一點的融化雙方，至少有一邊如果可以先放下成見，那才有成功的機率。

陳仕鵬說著：「為什麼要我去找趙胖子？趙經理不是一直都跟妳爸很熟。」

蘇晴溫柔的說：「但是這次不知道為什麼，趙叔不太願意幫我爸，所以我爸才找上那個姓李的，說是他們義聯企業社的老大和什麼四大堂主一併被殺，現在義聯企業社權力如真空狀態，以輩分來說，他跟前代老大是一輩的，幫裡有大老想推他上位。」

陳仕鵬淡淡的說著：「都說了只是有意願推他上位而已，妳爸就急著先跟人家吃飯，到時候要是他沒上位，妳爸就等著賠了夫人又折兵。」

聽到「賠了夫人又折兵」這句話，蘇晴稍微愣了一下，她也想起昨天晚上的大湯屋，屋子裡一根一根對準她昂然挺立的棒子，每一根都生機勃勃、堅硬似鐵，事後想想，她也不知道自己為什麼這麼大膽，那樣的場合，如果有一點點談不攏，或者她有一點點沒掌握好李成順跟義聯之間的權力關係，那自己會被那些渾身刺青的男人給玩成什麼樣子，連她都不禁後怕。

蘇晴就像一隻小鳥般依偎在陳仕鵬懷中：「我……我也不知道，不過聽說如果這次有晴陽建設的建案相挺，那他脫穎而出的機率會很大。」

陳仕鵬直接拿出手機，隨便找了一個新聞，扔在蘇晴身上：「妳自己看，到處都是他們的新聞，媽的，這傢伙也真是奇葩，新聞報導說他們老大都要出殯了，然後這傢伙還可以出來跟你們家吃飯耶……。」

說到這裡，陳仕鵬突然皺起眉頭，他有點意外看了看這一則新聞上面的照片。

蘇晴看著海回答著：「這不就是黑道嗎，今天公祭明天忘記阿。」

陳仕鵬沒有回應，只是非常訝異的伸出手，在手機上面快速滑過。

手機畫面的照片，隨處可見的，都是李成順。

上一次，蘇媽媽傳訊息給他，裡面大部分都是對話，是李成順跟蘇家的對話，後來在大湯屋的照片，主要也是拍蘇晴，加上湯屋裡面男人這麼多，蘇媽媽並沒有針對李成順作大特寫的拍攝。

但是這一次，新聞媒體是正式採訪。

畫面當然是又大又漂亮。

而李成順這張臉，讓陳仕鵬瞬間聯想到的，是那一天在火車站廁所，宛如陰溝裡的老鼠般，將遙控手機賣給他的那個人。

「他就是李成順？」陳仕鵬猛的問。

蘇晴困惑的點點頭。

# 24

儘管腦海裡凌亂的想法還組織不起來，陳仕鵬有點好奇的問：「你們不是去跟這個姓李的談生意嗎？妳媽之前說對這個人印象很好？」

聽到陳仕鵬沒打算放過這個話題，蘇晴又突然想起母親的意圖，緊張的說著：「喔，就、就沒有阿，因為他說只有一點點的空檔時間可以出來，而且他很重視我父親，所以一定要跟我們談過，就剛好只有那一段時間，沒有別的意思，你別想太多。」

「我只是隨口問一下，妳在緊張什麼？」陳仕鵬咄咄逼人的問著。

「我哪有緊張。」蘇晴說著。

陳仕鵬冷哼一聲：「妳那個老媽還是打算介紹男人給妳是不是？我知道她不滿意我，但是妳都已經結婚了，她有必要這樣嗎。」

蘇晴緊閉著嘴，一句話都接不上來。

「我不想管有沒有，沒有最好，但是如果有妳就少給我回家，我覺得那個姓李的不是什麼好東西。」陳仕鵬若有所思的說：「不要怪我沒勸妳們蘇家，叫妳爸也離他遠一點，這種混兄弟的為了自己能上位，馬上就出來跟妳爸稱兄道弟，一點忠孝節義都沒有，合作起來妳爸鬥不過他，早晚被他賣了都不知道。」

蘇晴還是沒講話，她只想轉移陳仕鵬的話題，尤其是李成順，她一點都不願意再回想在湯屋時的畫面。

蘇晴拿出手機，滑出了寫著通緝吳建一的新聞頁面，如果可以，他還想多說點關於晴陽建設的事情，也看能不能勾起陳仕鵬的興趣，進而去找趙叔：「你看，新聞說這就是殺了義聯會長跟幹部的兇手，很年輕，是個大學生而已。」

陳仕鵬瞄了手機一眼說：「不想看了，我送妳回去吧。」

「疑？為什麼？」他們兩個來看海，很少這麼快就回家的。

陳仕鵬態度敷衍的說：「突然想到公司有點事情，那張要保書好像有一個地方沒有勾到，我回去檢查一下，這是我這個月的業績，不能出一點點差錯。」

「喔，可是今天是假日耶。」蘇晴抱怨著。

陳仕鵬義正詞嚴的說：「身為一個業務根本就沒有什麼假日可言，妳不懂嗎？我才剛剛處在創業階段，妳體諒一點吧。」

「喔。」蘇晴低著頭。

「至於你說那塊地的事情，如果有機會我跟趙經理說說看。」陳仕鵬妥協的說了。

聽到陳仕鵬這樣說，蘇晴抬起頭，開心的笑著：「如果你能說服趙經理出馬，我想我爸肯定會對你另眼相看的。」

「別高興太早，趙胖子對我沒什麼好感。」陳仕鵬無奈的說著。

蘇晴仍然開朗的鼓勵著：「沒關係，老公不要有壓力，就只是試試看，如果趙叔真的不出手也沒關係，我會再想其他的辦法。」

陳仕鵬沒想繼續這個話題，他只是開著車直接把蘇晴給送回家，然後滿腦子想的，都是李成順。

他需要一個人獨處的空間。

然後把照片通通翻出來看，並且整理自己的思緒。

要想整理這些思緒，他需要去見一個人，一個在暴風中心的女孩。

暴風中心掛了白幡，上面寫著斗大的字「故周公玉龍先生奠禮會場」，左邊上聯寫著「是非自有公論」，右邊下聯寫著「公道自在人心」，橫批「浩氣長存」，無比霸氣的上、下聯，還有門口四、五十輛進口轎車排列。

陳仕鵬本來打算用手機讓周筱薔出來，但是周筱薔卻給了他一個地址，陳仕鵬搭計程車前往會場才發現，這裡竟然是周玉龍的出殯會場。

陳仕鵬穿著西裝打著領帶，業務員的正裝就跟這些黑道弟兄的沒什麼兩樣。

當他站在靈堂上，為這個從來見都沒見過的周玉龍致哀時，周筱薔披麻帶孝，站在李成順身旁，低著頭給陳仕鵬回禮。

這裡是標準的龍潭虎穴。

可是這讓陳仕鵬非常興奮，興奮到當所有社團、公司都致哀過後，大家開始自由活動，陳仕鵬就用手機把周筱薔給遙控叫進廁所。

周筱薔一進來，陳仕鵬也不管她是不是披麻帶孝，也不管這裡是不是龍潭虎穴，他直接一手把周筱薔的小嘴壓住。

「我問妳答，如果對，就點頭，不對，就搖頭。」

周筱薔看著陳仕鵬，點點頭。

「妳男友，是李成順嗎？」

周筱薔愣了一下，搖搖頭。

陳仕鵬馬上從口袋裡拿出手機，滑到蘇晴給他看的新聞畫面：「他是李成順嗎？」

周筱薔看了一眼，點點頭。

陳仕鵬想了一下，翻出了蘇媽媽傳給他泡溫泉的畫面，其中有一張，是李成順的側面，他肩膀上的毒蠍刺青，非常明顯。

「這是同一個人？」陳仕鵬再次確認著。

周筱薔點點頭。

陳仕鵬確認了，那天賣手機給他的，正是李成順，義聯的代理董事長，蘇建斌的合夥人，亟欲將自己老婆從自己身邊搶走的人。

陳仕鵬困惑的問：「但是妳不是說，這項圈是妳跟妳男友的記憶？」

周筱薔又點點頭。

陳仕鵬摸了摸周筱薔脖子上的項圈，接著說：「那天賣遙控手機給我的人，是他耶。」

聽到這話，周筱薔非常訝異的看著陳仕鵬。

陳仕鵬鬆開了周筱薔的嘴：「那……那妳跟李成順是什麼關係？」

周筱薔想了一下就說：「我都叫他順叔，爺爺死後，都是他負責我的生活起居，之前他給了我一筆錢，我也給建一了。」

陳仕鵬追問：「建一，才是妳男友？他全名叫什麼？」

周筱薔點點頭，眉頭深鎖的說：「吳建一。」

陳仕鵬有點不敢置信的問：「有照片嗎？」

周筱薔拿出自己的手機，打開相簿，隨便滑出一張照片：「給你。」

陳仕鵬一看，腦海裡閃過的，是那天蘇晴給自己的手機畫面，上面斗大的標題寫著，「警方通緝，疑似O宴酒店命案在逃兇嫌，吳x一，是否還有其他在逃共犯，警方仍在釐清中。」

看到吳建一的照片，陳仕鵬腦袋瓜，突然轟的一下。

他感覺似乎有什麼東西，被炸開了。

## *25*

「要當我的男人，就是要有肩膀，我吃我男人、喝我男人、住我男人，如果不是我的男人，我看都不會看他一眼，吳建一，你願意嗎？」

「我願意。」

「明天下午三點，我在校門口等你。」

「下午？妳不用上課？」

「當然要阿，所以你不想來？」

「那下午的課怎麼辦？」

「不重要阿，翹課就好了。」

「妳不怕？」

「有什麼好怕，我爺爺是學校的家長會會長，校長都不敢對我怎麼樣，如果你不來就算了。」

「我會去。」

「我不喜歡等喔。」

放學的時候，周筱薔坐在司令台後面的樹下。

俏麗的短髮，代表了青春的百褶裙，潔白的制服，在一片落葉下，那是令人怦然心動的年紀。

一個男孩子，低著頭，站在周筱薔面前。

男孩不是吳建一，而是周筱薔的學長，也是男朋友。

「拿來。」周筱薔把手伸到學長面前。

學長低著頭，緊緊捏著手機。

捨不得的表情，緊鎖在眉宇之間。

「我說拿來。」周筱薔再一次催促著。

學長捏緊了手機：「妳有人了？」

周筱薔冷冷的回應著：「我說了，當我的男人，就是要有肩膀，我吃我男人、喝我男人、住我男人，如果不是我的男人，我看都不會看他一眼。」

學長語氣充滿了不甘心的說：「妳想要手機我買給妳，妳想要機車也是我買給妳，就因為我沒請妳朋友喝咖啡，妳就要跟我分手？」

周筱薔嘆了一口氣：「你就是不懂，那個場子那麼多人，你身為我的男朋友，我是誰，我周筱薔耶，我男朋友居然連請大家喝咖啡都不肯，人家菓子的男朋友，端了一整盤的咖啡過來讓大家隨便拿，那才叫男人好嗎。」

學長的聲音，幾乎是崩潰而沙啞的：「我的錢都是打工賺來的，機車的貸款我還在扛，我只是覺得我跟那些人一點都不熟，為什麼只是一起烤肉就要花錢包場請他們。」

周筱薔：「算了，我覺得你永遠都不會懂，拿來。」

學長不甘心的把手機緩緩遞給周筱薔。

周筱薔一把就將手機搶過來，然後她把機車鑰匙扔回去給學長。

「從今天開始，我跟你沒有半點關係。」

「薔薔。」

就在周筱薔轉身離去的時候，學長喊了一句。
周筱薔轉身看著學長：「怎樣？」
學長吞了一口口水，小心翼翼的說：「反正都要分手了，可以、可以再讓我親、親一下嗎？」
周筱薔冷笑著，她慢慢把手伸進那純潔的百褶裙裡，然後將內褲緩緩脫下。
那是一條，深藍色，蕾絲滾邊的內褲，學長看的眼都紅了。
周筱薔只是隨意的將內褲扔過去。
一小塊的布料，在空中劃出一個囂張的弧度。
學長衝上去緊緊抓住周筱薔的內褲，然後湊到鼻子上大口吸氣。
周筱薔笑了，笑得非常燦爛，就好像春天盛開的花，嬌豔、美麗、青春無敵。
「送給你吧，魯蛇。」
隔天下午，周筱薔坐上了吳建一的機車。
從校門口呼嘯而過的時候，不知道多少人投以羨慕的眼光，然後八卦馬上傳到學長耳裡。
學長一句話都不能吭，因為周筱薔的爺爺是家長會長，他只想平平安安把高中三年讀完。
所以不管傳聞說學長是被甩的，或者說是周筱薔劈腿都好，學長一律悶不吭聲，但是學長的作法，丟盡了三年級的臉面，他不想討，他的兄弟老龐非常想討。

撞球間裡面，煙霧瀰漫。

老龐帶了三年級的人堵在撞球間門口，一共十六個，陣仗驚人。

吳建一跟學校自由搏擊的兩個朋友走出撞球間的時候，老龐就坐在吳建一的機車上。

「幹，一年級的聽說很秋喔，敢搶學長的馬子。」

十六個人，手上不是鐵棍就是球棒。

吳建一不解的看了看周筱薔。

周筱薔無奈的小聲對吳建一說：「學長啦，他說要跟我交往，我不敢拒絕，所以有在一起幾個月，然後他就不放我走，你會介意嗎？」

吳建一笑著把周筱薔摟進懷中，他叼著菸。

「學長？我不管你們之前怎樣啦，總之她現在是我的女人，你現在這樣是什麼意思？」

老龐也叼起了菸，好像這年紀會抽菸就比較兇似的，一群人通通叼著香菸，然後老龐就把香菸夾在手裡，塞到周筱薔面前。

濾嘴上，有老龐咬過的痕跡，還有唾液。

老龐說著：「抽一口阿，抽一口我就放過妳。」

吳建一握緊拳頭。

但是周筱薔卻慢慢靠過去，薄薄的唇，微微張開。

皓齒，朱唇。

含住濾嘴。

煙霧繚繞著那柔軟而神祕的女孩唇齒之間。

周筱薔看著老龐，眼神迷濛著，彷彿有種致命的吸引力，宛如星辰般漆黑的眼珠，透著的不是明亮，而是朦朧。

老龐笑了。

後面十六個人，紛紛把香菸推到周筱薔面前。

「吸過我們所有人的菸，妳就可以走了。」

周筱薔轉頭看著吳建一。

吳建一怒了：「幹，吸我的菸啦。」

話一說完，他把香菸彈向老龐。

衝突爆發的時候，周筱薔笑著退到最後面。

掛上耳機。

旋律，悠揚。

青蔥般的手指在空中彈著節奏。

鮮血和髒話在空中飛揚。

周筱薔坐在機車上，白皙的腿，晃著。

指法，就跟在家裡彈的鋼琴一樣。

等他們打完，跟原始的野獸沒什麼兩樣，女人是戰利品，是屬於贏家全拿的禮物。

周筱薔坐在吳建一的機車後座。

夜風，劃過她的髮梢。

就像情人的手，輕撫著她的鬢角，溫柔的、細膩的。

## 26

周筱薔想起跟吳建一離開撞球間之後，在河堤邊。

吳建一壯碩的手臂，泛起了大片瘀青。

「這樣比賽怎麼辦？」

吳建一把周筱薔摟在懷裡，吹著出海口的海風：「開玩笑，我誰，吳建一，一隻手就能完勝對方好嗎。」

周筱薔轉頭看著他，夕陽西下，吳建一黝黑的臉龐，被映成了帥氣的古銅色：「建一，吻我。」

吳建一緩緩的吻了懷中的女孩。

然後女孩就把木偶人手機給了吳建一。

「從今天開始，我就是你的玩具，你是我的主人，要珍惜我喔。」

哪個男孩受得了自己心儀的女孩這樣說，吳建一握著手機，血脈賁張的將她壓在堤防上，肆意索吻。

兩人的舌頭，旁若無人的纏綿著。

直到一個跑步的大叔過去，冷冷地說一句，「現在的學生連開房間的錢都沒有嗎？」兩人才慌亂的分開。

☘

「你真的什麼都會為我去做嗎？」

吳建一點點頭。

「如果我要你為我殺人呢？」

吳建一訝異的看著周筱蕾，這個一臉稚氣、美麗、純真的女孩，如果不是親耳聽到，吳建一簡直無法相信這句話會出於這樣一張美麗的臉龐口中。

吳建一陷入了沉思：「殺誰？」

周筱蕾看著吳建一：「周玉龍。」

吳建一愣住：「周玉龍是誰？」

周筱蕾淡淡的說：「我爺爺。」

吳建一睜大了眼睛：「妳認真？妳爺爺不是家長會長嗎？」

周筱蕾馬上就笑著：「開玩笑的啦，怎麼可能。」

「呼。」吳建一鬆了一口氣：「別開玩笑了，周會長這麼保護妳，我想說妳怎麼可能想殺他。」

周筱蕾冷冷地說：「有些事情，不是表面上看到的那樣吧，而且，他算什麼爺爺，他不是我親爺爺。」

「妳說什麼？」吳建一完全無法置信的看著周筱蕾。

但是顯然周筱薔沒想要繼續這個話題了，她看著吳建一就說：「建一，吻我。」

「在這裡？」

「恩，在這裡。」

司令台後面的樹下，面對四個籃球場，左邊是高聳的圍牆，掃地時間，這裡是周筱薔負責的區域，除了球場上打球的學生偶爾球滾太遠之外，沒有人會來這裡。

吳建一鼓起勇氣，吻了周筱薔。

血氣方剛的高中。

吳建一繃緊了肌肉，將周筱薔壓在司令台後面的水泥牆上，粗糙厚實的手掌，不規矩的撫摸著周筱薔白皙的大腿。

「我忍不住了，薔薔，給我。」

吳建一笨手笨腳的去脫周筱薔的內褲。

這生澀的動作，不經意觸摸到周筱薔那一片柔軟處，她的雙腿發軟，幾乎要站不住。

但是周筱薔突然把吳建一推開。

吳建一一頭霧水的看著她。

周筱薔指了指吳建一的口袋。

吳建一慢慢將手機拿出來。

周筱薔笑著點點頭。

玩具就該有玩具的樣子，主人就該有主人的樣子。

周筱薔笑著說：「主人想要我怎麼樣呢？」

吳建一口乾舌燥的說：「把、把內褲脫下來。」

周筱薔笑了，笑著非常燦爛。

這就是她要的關係，病態、扭曲卻又囂張跋扈的愛情，一種彷佛是在父權主義底下，最明目張膽的反抗與報復。

百褶裙裡被脫下的布料，落在腳踝邊。

汗水，分不清是男孩還是女孩。

纖細的手掌，細長且骨感的拍打在厚實的水泥牆上。

球場上，學生吆喝著。

三三兩兩結伴的學生，做完了打掃慢慢往教室方向走。

鐘聲，響徹校園。

就在吳建一喘息聲粗重的打在周筱薔宛如嬰兒般姣好的皮膚上的時候，學校的廣播響了。

「教官室報告、教官室報告，一年三班周筱薔同學，一年三班吳建一同學，請立刻到教官室。」

體香味，瀰漫著兩人的身體。

青春的熱氣與汗水，揮灑著。

周筱薔拍了拍吳建一的臉頰，滿臉通紅的笑著說：「同學，你做的壞事被當場抓到了，是現行犯喔。」

☘

女要俏，一身孝，梨花帶雨最迷人。

周筱薔眼睛哭得紅紅的，身上孝服完美的凸顯出她腰部的曲線，當陳仕鵬像獵人般盯著專屬於他的獵物時候，眼中出現了一抹以前從來沒有過的瘋狂：「妳轉過去。」

周筱薔也沒說什麼，只是咬緊牙關背對陳仕鵬。

陳仕鵬慢慢地貼在她耳邊。

「如果這是吳建一，新聞說，他是殺周玉龍的兇手，周玉龍又是妳爺爺，妳的男友，殺了妳的爺爺？然後即將接義聯的李成順是支持妳生活開銷的人，也是要找吳建一，幫周玉龍復仇的人……？天阿，這根本通通跟妳有關聯……。」

「他才不是我爺爺。」周筱薔別開臉，抗議著。

但是她也已經同時感覺到自己的後頸，有著陳仕鵬濃厚的氣息。

然後她孝服上的腰帶，直接被陳仕鵬解開。

「不……不……。」周筱薔慌亂的想阻止陳仕鵬。

然而這種勝利者的滋味太美好了，陳仕鵬彷彿赫然了發現一件相當有趣的事情。

「妳該不會知道，吳建一在哪裡吧？」陳仕鵬眼中富有興趣的問。

周筱薔急忙閉上眼睛：「請、請停下……。」

但是陳仕鵬說著：「想要我停下來，就告訴我吳建一在哪裡，不然我就在這裡上妳，在妳爺爺的告別式侵犯妳。」

「我不能說、真的不能說。」周筱薔苦苦哀求著。

陳仕鵬看周筱薔嘴硬，也不跟她客氣了，直接雙手從後面探到她的大腿內側，然後非常霸道的直接把她的雙腿往兩邊掰開。

周筱薔的緊抓著衣角，昂著脖子，貼著廁所裡面冰冷的磁磚。

陳仕鵬的手，得意洋洋的、緩慢且有節奏的觸摸著周筱薔那光滑又緊實的下腹部。

周筱薔的手，從前面往後伸，胡亂著想抓陳仕鵬。

但是陳仕鵬將她的手拍掉。

舌頭，輕輕舔了舔周筱薔那已經紅透的耳朵。

「嗯……。」不管周筱薔有多努力忍耐，喉嚨發出的聲音仍然出賣了她。

自從上次在陳仕鵬家裡發生過關係後，陳仕鵬對她的身體已經有一定掌握，他知道周筱薔比蘇晴矜持，而且那種任他擺布的樣子，完全不是蘇晴可以比的。

「妳說，是不是很期待我上妳？」陳仕鵬故意問著。

「我、我沒有……。」周筱薔若有似無的抗拒著。

但是陳仕鵬已經趁這時候，把手指鑽進了她那個黏膩又濕滑的腔道。

「嗯……。」周筱薔咬著下唇，他抓不到陳仕鵬的手，就只好緊緊抓著自己的衣角。

陳仕鵬的分身，從後面頂住周筱薔的時候，他小聲說：「最後問你一次，妳要是不說，我就當妳同意我上妳了。」

「我、我沒有同……嗯……！」陳仕鵬腰微微一挺。

陳仕鵬的分身，前端被塞進周筱薔的腔道口。

雖然進入的部分只有一點點，但是因為不夠濕潤的關係，那怕只有這一點點撐開，周筱薔也覺得自己的身體簡直被撐大了。

「不要、不要……。」周筱薔的囈語呢喃著。

陳仕鵬故意緩緩的抽送，但是進進出出都只有用前端的頭部。

周筱薔翹著屁股貼著磁磚，那本來的不適感，緩緩紓解，緊鎖的眉頭也舒緩開，陳仕鵬不過進出沒幾下，周筱薔那泥濘不堪的身體，已經不自覺得扭著腰，擺動臀部彷彿在誘惑陳仕鵬再更往裡面插。

然而陳仕鵬偏不前進，進進出出就是只有前端，然後從後面抓著周筱薔那嬌嫩欲滴的胸部：「說、說吳建一在哪裡我就插到底。」

周筱薔上齒咬著下唇，終於還是忍不住說著：「他、他在我宿舍……嗯！」

那一瞬間，陳仕鵬也沒食言，整根推進，狠狠的直接頂到周筱薔那腔道的最後面，女孩珍貴的花芯最深處。

# 27

陳仕鵬把自己的機車停進了洗車場，他用力的刷洗著自己的車，不僅如此，他自己洗完車，還把車子送到洗車場做小美容。

洗車場的師傅都懵了，送一台又老又舊的破機車來美容，他還是第一次看見。

躺在洗車場的沙發上看著那不斷旋轉的吊扇，他露出了得意的微笑。

有時候「勝利」這件事情，並不是誰贏了誰，而是能夠看著原本高高在上的勝利者，變得跟自己一樣墮落。

一直看不起自己的蘇家，亟欲合作的對象是李成順。

李成順想上位、想服眾，必須要找到吳建一為周玉龍報仇。

黑白兩道都在找的吳建一，是周筱薔的男友，並且躲在周筱薔的宿舍。

周筱薔，是他陳仕鵬的木偶。

想到這裡，陳仕鵬的嘴角忍不住的上揚。

他才不想管周筱薔說的，周玉龍不是她爺爺這句話到底是什麼意思。

他只知道，如果讓李成順知道吳建一躲在哪裡，那會不會讓他多一些籌碼？儘管這時候他還不知道這些籌碼到底有什麼用途。

等到車子洗完，他回家了。

一開門，迎面而來的就是飯菜香。

濃濃的飯菜香，是蘇晴的拿手菜，也是陳仕鵬最愛吃的玉米醬煎蛋。

「我回來了。」

「回來啦？」蘇晴的聲音，從廚房溫柔的傳出來：「老公等一下，我快要好了，再炒個高麗菜就可以吃飯了。」

「老婆，妳下午去哪裡阿？」陳仕鵬一邊問，一邊把自己的衣服脫下來扔進髒衣服堆裡。

蘇晴笑著說：「買東西阿，不然你以為這些食材會從天上掉下來嗎？」

陳仕鵬換了一身輕鬆的衣服，然後拖著疲憊的身體靠過來。

蘇晴親暱的推開他：「好啦，不要親了，開飯，我們先吃飯吧。」

陳仕鵬點點頭，捧著蘇晴快炒的高麗菜出去。

蘇晴笑著挽起陳仕鵬的手：「老公吃飯。」

陳仕鵬點點頭，讓蘇晴拉著上了飯桌，這種簡簡單單的小日子，溫馨、幸福，但是也就是這種平平淡淡的小日子，磨的陳仕鵬幾乎忘了心跳加速的感覺是什麼，他喜歡這種幸福，但是卻彷彿對周筱薔上了癮。

蘇晴打開了電視。

電視裡面播放的內容，還是不斷重複著竹宴酒店命案，這種幾乎是洗腦式的播新聞方式是每一家電視台最喜歡做的，尤其這一次死的還是黑幫的大角頭。

陳仕鵬嘆了一口氣就說：「老婆，能不看這個嗎？」

蘇晴疑惑的反問著：「疑，為什麼？現在這件事情鬧得很大耶。」

陳仕鵬搖搖頭：「不知道，就不想看。」

蘇晴乖乖的把電視關掉，然後就說：「好吧，老公說不看就不看。」

解開圍裙，將馬尾放下來的蘇晴朝飯桌走來，陳仕鵬突然一把抓住蘇晴的手。

「老、老公？」

一想到今天，以及未來將要發生的一切，陳仕鵬突然從後面抱住蘇晴，然後雙手不規矩的游移著。

「老、老公，先吃飯……。」

陳仕鵬根本不顧蘇晴的求饒，一把就將她的內褲扯下。

「老公，等、等一下，我滿身都是油煙味，讓我先去沖一下……」

「不用。」

陳仕鵬毫不客氣的拉下自己的褲子。

手指熟悉的找到蘇晴那還沒有泥濘的花徑，一個專屬於他的洞穴，熟悉而習慣的身體。

但是今天的陳仕鵬是勝利者，他才不管蘇晴的心情，此刻的他，只想進入蘇晴的身體，身為一個勝利者，不容置疑的蹂躪著對方。

「嗯……。」

當陳仕鵬將分身塞進蘇晴身體的時候，蘇晴痛的眼淚都滴下來，翹起的右腿，只能稍稍改變自己的腔道，以舒緩那被強行進入的不適感，方便陳仕鵬今天幾乎是瘋狂的撻伐。

「老公、慢、慢點……。」

「抱、抱歉。」

聽到蘇晴的話，陳仕鵬下意識的先道歉，然後放慢速度。

這些年，他已經道歉道的太習慣了。

那成了一條項圈，緊緊的勒住他的脖子。

緩慢的速度，讓蘇晴原本緊鎖的眉頭慢慢舒開。

髮絲，凌亂的飄蕩。

陳仕鵬從後面抓起她的頭髮。

蘇晴漸漸配合老公的節奏，緩緩擺動身體，柔軟虛握的纖細拳頭，慌亂地落在桌上。

「不要道歉，幹、幹我……老公，用力幹我。」蘇晴紅著臉，低聲喊著。

這一直都是陳仕鵬最喜歡的性愛。

因為蘇晴掌控了一切，所以在床上，蘇晴總是喜歡說一些非常不堪入耳的話，而這些話，就像一種鼓舞，每次都讓陳仕鵬在沒自信的時候，又可以挺槍上陣的關鍵因素。

「妳、妳要誰幹妳，說！」

「要老公，老公幹我。」

「妳是誰？」

「蘇晴，我是蘇晴。」

「蘇晴想要被誰幹？」

「蘇晴想被老公幹……！」

「蘇晴想被老公幹，所以蘇晴根本是騷貨對不對？」

蘇晴晃著身子，不斷點頭。

陳仕鵬一把抓住他的頭髮：「說，說出來。」

「蘇晴、蘇晴是騷貨、蘇晴想被、被……老公幹……」

「賤貨，妳這個欠幹的賤貨，自己說，是不是賤貨。」

「是……我是。」

「是什麼，全部說出來。」

「蘇晴是賤貨，是欠陳仕鵬幹的賤貨，阿……。」

當陳仕鵬最後緊緊摟著蘇晴，將體液一滴不剩的灌進那泥濘的花徑時候，他笑著想起了蘇家那兩個老的狗眼看人低的表情，不論那兩個老的有多看不起自己，他女兒還不是只能乖乖在自己的胯下婉轉承歡。

陳仕鵬攤在蘇晴柔軟的身體上的時候，他氣喘吁吁地說著：「對，蘇晴生下來就是要被陳仕鵬幹的賤貨。」

「嗯……。」蘇晴也紅著身子，緊緊抱住陳仕鵬。

只是陳仕鵬也沒想過，在這一瞬間，周筱薔的樣子，卻無預警的出現在他的腦海中。

到底是在家溫柔賢淑、在外叱吒風雲、在床上像個蕩婦的蘇晴是他最愛的，還是年輕害羞，像隻小羔羊任由陳仕鵬揮灑男子氣概，而她乖乖順從在胯下婉轉承歡的周筱薔更是陳仕鵬的最愛？

那一瞬間，他自己也沒了答案。

晚餐後，他們夫妻兩個坐在餐桌上，各自滑著手機。

蘇晴傳訊息給李成順。

陳仕鵬傳訊息給當時賣他手機的人，林倩倩。

李成順的訊息很簡單，就是一張地契的照片，李成順表示義聯已經拿下蘇建斌需要的那塊地，現在就要看晴陽建設能提供那些資源，附加條件是蘇晴必須離婚嫁給他。

而陳仕鵬則是二話不說，把李成順跟蘇晴泡湯的照片丟了過去。

在這些複雜的關係中，陳仕鵬發現自己還有一個人的身分沒弄清楚。

那就是林倩倩。

當初賣遙控手機給他的，不是李成順，而是這個叫做倩姐的女性賣家。

在網路上買賣東西，雖然說買賣家的窗口跟後來取貨的不一定會是同一個人這已經見怪不怪了。

但是既然這整件事情牽涉到黑白兩道都關注的命案。

那陳仕鵬希望在出手之前，盡可能把事情的原貌給拼湊清楚。

同一時間，林倩倩躺在李成順懷裡。

他們兩個也各自滑著手機。

李成順的手機裡面是個大分會、分堂聯絡人的訊息，他不斷安撫著各地，並且表示只要支持他上位，晴陽建設的資金一到手，他馬上可以發給各分堂，要各大分堂稍安勿躁。

林倩倩則是丟了一句「你想怎樣？」給陳仕鵬之後，接著她轉手就把訊息扔給吳建一。

「你給我躲好，我已經在幫你安排船班了，最近條子查得很緊，你千萬不要露臉，快則半個月，慢則六周一定可以安排到船班，你先到菲律賓躲一躲，風頭過了之後你再回來，不用擔心，我不會棄你於不顧的。」

## 28

人來人往的咖啡館裡。

穿著不似在酒店中花枝招展的林倩倩，今天只是穿著運動外套，運動長褲，襯托出她姣好的身材，而陳仕鵬就坐在她的對面。

林倩倩喝了一口咖啡問著：「你想怎樣？」

「就如我在電話中說的，我知道吳建一的下落。」陳仕鵬用非常具有攻擊性的破題跟林倩倩說。

沒想到林倩倩卻一副無所謂的模樣：「那又怎麼樣？如果你想把他抓起來，現在坐在這裡的就不是我，應該是警察吧？」

陳仕鵬愣了一下，這個女人的反應，給他有一點意外。

他本來以為林倩倩應該會害怕的向他求饒，但是沒有想到，這女人依然是一副從容不迫的樣子。

林倩倩把咖啡放下，看著窗外一副若有所思的模樣：「我們不要浪費時間，直接說重點吧？你想要我做什麼？」

女人不穿褲子就是無敵的。

這句話，某種程度上，說的也不只真的是穿不穿褲子這件事情，某種程度上說的，也是女人的抵抗程度。

就像此時的林倩倩，直接擺出一副任君採摘的模樣，陳仕鵬反而有點不知該如何是好了。

「妳……妳認識周筱薔、李成順，還有周玉龍跟吳建一？」陳仕鵬還是試探的問著。

林倩倩點點頭：「嗯，都認識。」

「那、那妳知道，周玉龍死了嗎？被吳建一殺死的，吳建一是周筱薔的爺爺，還有……還有……。」

林倩倩直接伸手打斷了陳仕鵬：「欸欸，別激動、別激動，你說的我都知道，是我一手策畫的，我怎麼可能不知道。」

「妳說什麼？妳一手……策畫的？」陳仕鵬突然發現，自己以為挖到什麼驚天大祕寶，在林倩倩這邊，卻是平淡無奇的新聞。

林倩倩嘆了一口氣，喃喃自語的說：「我唯一沒策畫到的，是這麼剛好，你竟然是晴陽建設的駙馬，然後你居然有個這麼厲害的老婆……。」

「你說什麼？」陳仕鵬看著林倩倩。

「沒事、沒事。」林倩倩急忙搖頭：「我只是要說，筱薔只是名義上是土龍的孫女，實際上他們沒血緣關係，筱薔的爸爸早年幫土龍扛了一條，判了無期徒刑，到現在還在籠子裡面，後來筱薔就歸土龍管了，怎麼樣，你還想知道什麼？沒想到你竟然對產品的來歷有興趣啊？也對，多了解一些不是壞事。」

陳仕鵬困惑的說：「那你剛剛說，這些都是妳一手策畫的又是什麼意思？」

林倩倩把身子往後靠，翹起二郎腿就說：「很簡單，江湖不就那樣，都是一些老掉牙的劇情了，因為李成順想上位，所以需要找個生面孔，他看上了吳建一，所以讓周筱薔去誘惑吳建一，要吳建一幫他處理掉周玉龍，但是周筱薔太年輕了，真的愛上吳建一，最後不肯把人交出來，所以只好換我出馬。」

陳仕鵬啞口無言，他看著林倩倩：「妳的意思是……周筱薔跟李成順合夥想要，除掉……。」

林倩倩笑了，她笑得又燦爛又開心，然後他把身體往前靠，伸出纖細的手指：「嗯，還好腦子不算太差，周筱薔很小就被周玉龍當成禁臠了，但是她年紀畢竟還小，容易感情用事，到底是不是真的要幹掉周玉龍我不確定，不過李成順是玩真的，不然怎麼會有我的出現呢？是吧？」

陳仕鵬吞了一口口水，伸手撐著自己的額頭。

一大堆思緒在他腦中不斷翻騰，快速整理、排列然後再打散。

看到他苦惱的模樣，林倩倩笑著又喝了一口咖啡，彷彿一邊在享受陳仕鵬這麼苦惱的樣子。

「其實……周筱薔應該很好玩吧，得到這麼有趣的木偶，好好的享受就好了，幹嘛還去問木偶的來歷，有意義嗎？」林倩倩的聲音打斷了陳仕鵬的思緒。

陳仕鵬抬頭看著她，笑了：「當然有意義，因為我發現這個玩具除了性愛之外更有趣的地方了。」

「呵呵呵呵。」林倩倩笑了，笑得花枝亂顫：「人性，原來『人』比『性』更有趣，對吧？」

陳仕鵬最後盯著林倩倩：「我感覺，妳似乎一點也不怕，我把吳建一藏身的地點，告訴『任何人』？」

陳仕鵬刻意在任何人加了重音。

因為現在黑白兩道都在找吳建一，按照林倩倩的說法來看，他應該非常在乎吳建一才對。

但是偏偏這時候，林倩倩卻還是一派輕鬆的說：「你想告訴誰就去說，我不在乎。」

陳仕鵬點點頭，最後看著林倩倩：「我覺得妳真的不在乎，那我就更好奇了，如果妳不在乎，妳今天來這裡的目的，到底是什麼？」

林倩倩笑了，她突然坐直身子。

非常有禮貌的從那短短的皮夾中，掏出一張名片。

她把名片放在陳仕鵬面前。

用一種很隆重，又感覺很荒謬的語氣說：「當然是來認識你，願意相信木偶人項圈，有這麼雄厚財力的人可不多，所以當然是跟你交個朋友的阿，你好，你可以叫我倩姐，也可以叫我林倩倩。」

這一瞬間，陳仕鵬發現自己，完全看不懂面前這個女人。

## 29

「如果我要你殺人呢？」

這玩笑話，縈繞在吳建一的腦中。

站在教官室外面，吳建一看著周筱薔，有時候他真的摸不透這個女孩，看似乖巧，溫柔、和善、青春美麗的女孩。

但是這亂七八糟的思緒，馬上就被打斷。

「吳建一、周筱薔，進來。」教官的聲音響起。

當他們兩個走進教官室的時候，吳建一看到那十六個學長站成了一整排，吳建一的兩個朋友，站在他們對面。

他們看到吳建一進來，全都下意識地往門邊擠。

三個打趴了十六個。

這紀錄在學校裡面，早就跟核彈爆炸一樣，蕈狀的蘑菇雲，炸的其他年級體無完膚。

但是這個紀錄也讓他們付出了非常昂貴且沉重的代價。

學校的自由搏擊校隊，林教練坐在教官桌旁邊。

教官臉臭的跟大便沒什麼兩樣。

因為幹這一架，別的不說，光是自由搏擊校隊的隊員就捲進了三個。

「吳建一，你可以啊。」教練盯著他。

吳建一歪著頭沒說話。

教官環視他們一共二十個人，最後目光落在周筱薔身上：「十九個人，為了妳打群架？」

吳建一馬上提高音調：「是學長先動手的，而且她現在是我的女人。」

「說什麼啊！」

學長們鼓譟了起來。

教官看著吳建一：「同學，你才幾歲，知道什麼叫做我的女人嗎？」

吳建一跟周筱薔同時沉默著。

只能說如果教官知道剛剛在廣播他們到教官室之前，看到他們兩個在司令台後面做了什麼，或許教官就不會說這種話了。

教官無奈的搖搖頭：「跟學長們道個歉吧。」

「憑什麼啊！」吳建一吼著。

但是坐在旁邊喝茶的教練馬上站起來：「吳建一，給我閉嘴。」

「教練！」吳建一不滿的瞪著教練。

那十六個學長，聽到教官要吳建一道歉，各個露出微笑，小聲的交頭接耳。

教官自以為是的緩頰著：「同學，是這樣啦，其實按照校規，打架的話好像要記大過……。」

「記過就記過！」吳建一挺直了身子，緊緊握著周筱薔的手，直接打斷教官的話。

教官不慍不火的接下去說：「剛剛林教練說，全國高中聯賽，賽制好像有規定，學生如果記大過以上，不得參加？」

吳建一頓時啞口無言。

他的成績不是這麼優秀，如果要靠正常管道，恐怕光是這三年要畢業都有困難，但是他如果可以憑藉過人的運動細胞，且不要說考大學，至少這三年高中穩穩的畢業是絕對沒有問題。

但是如果他被記過，葬送了高中三年的校隊資格，那恐怕未來的路會艱難許多。

教官已經把悔過書發下去。

學長們非常識趣的接了。

自由搏擊隊的兩個隊員看著吳建一。

林教練把悔過書塞到其他兩個學生面前，稍微提高了音調：「是怎樣，沒有獨立思考的能力嗎？難道他不寫，你們也不寫？你們的人生要交給他負責嗎？」

在林教練的恫嚇下，兩個學生接過了悔過書。

吳建一猶豫著。

教官冷冷地說：「同學，大家都寫悔過書，又不是只有你寫，不要跟自己的未來過不去。」

吳建一伸手，掙扎著是否拿悔過書。

周筱薔突然淡淡地問了一句：「吳建一，跟我在一起，為我打架，你後悔嗎？」

瞬間。

剛剛的場景、前幾天的場景通通湧上心頭。

滿滿的熱血，塞住了他的胸腔。

「啪！」吳建一把教官手上的悔過書拍掉。

「為妳做的事，我從不後悔。」

周筱薔笑了，笑得非常燦爛，那是一種，屬於勝利者的笑容。

最後，打架的十六個學長以及兩位隊員通通沒事。

學校的布告欄上，吳建一、周筱薔，被記大過乙次，全校的學生，戲稱他們為神鵰俠侶。

而且越來越多學生口耳相傳，他們兩個早就發生過超友誼的關係，高中戀情加上當事人的不否認，這讓兩人在學校，幾乎成了傳說般的人物，甚至上課都有人幫吳建一、周筱薔點名。

這樣的狀況，直到周玉龍駕臨學校的那一天。

「會長怎麼今天有空來？」

當周玉龍從那台打蠟打到閃閃發亮的歐洲進口房車下來的時候，校長親自到校門口迎接。

## 30

周玉龍被校長、訓導主任、教務主任簇擁著進入校長室。

教務主任早已經泡好了茶，等大家一坐好，頂級的茶湯就送到周玉龍面前。

周玉龍笑著說：「校長最近辦學辦得不錯啊。」

校長趕快陪笑：「還好啊，要不是有會長的大力支持，我也沒辦法做到這些。」

周玉龍哈哈一笑：「我哪有幫到什麼忙啦，活動中心的擴建跟補助，那是評鑑委員考核的，跟我有什麼關係。」

校長馬上又補充：「還有司令台的翻修阿，水溝的整頓阿，總之很多啦，要不是會長在家長會，還有政府單位幫我們大力推動，學校很多設施哪能這麼順利。」

教務主任將兩個小茶杯推到周玉龍跟他的助理面前，熱請的招呼著。

周玉龍端起茶杯的時候，助理馬上補問了一句：「校長，剛剛上來，在穿堂的布告欄，看到獎懲名單，現在學校還有記過的機制啊？」

一聽這話，校長端著茶杯的手停了一下。

周玉龍笑著說：「高中生這個年紀，有的學生比較叛逆，如果沒有記過機制，教官怎麼管得動學生。」

校長連忙說：「這個茶是教務主任上次去阿里山帶回來的，好香阿。」

聽得出來校長想轉移話題，但是周玉龍的助理點點頭接著又說：「我們那個時代，被記過的，通常都是學校裡最大尾的。」

周玉龍看著校長：「校長，現在還是這樣嗎？」

校長室裡一陣沉默。

大家都知道，今天這話題是躲不掉了，周玉龍擺明就是衝著那張記過單來的，綽號土龍的周玉龍是最大尾的，但是那可不代表他能接受自己的孫女也被貼上最大尾的標籤。

校長看了教務主任一眼。

訓導主任有點為難的趕快發言：「其實也不一定是這樣啦。」

「記大過這麼嚴重的事，不一定嗎？」周玉龍轉頭，直接凝視著訓導主任。

訓導主任尷尬的說：「這件事情是這樣，這個年紀的男生，總是喜歡逞凶鬥狠，一群學校的男生，在校外為了薔薔爭風吃醋，十幾個人打起來，本來教官也不想記過，讓大家都寫悔過書，但是偏偏薔薔跟那個叫做吳建一的男生就是不肯寫。」

校長趕快接著說：「主任也是為難啦。」

周玉龍點點頭，繼續喝他的茶。

助理則是問了：「不是阿，十幾個男生，為了女生爭風吃醋打了起來，這些小混混本來就該記過，但是女生又沒動手，為什麼她也要記過？」

訓導主任為難的說：「她也不肯寫悔過書阿。」

助理皺起眉頭：「她又沒打架，寫什麼悔過書？」

訓導主任還想說點什麼，校長馬上搶先說：「我們主任也是求好心切，不過說的有道理，其實薔薔根本不應該被捲進來，等一下我們馬上招開一個消過會議。」

「喔，原來還有所謂的消過會議啊？」周玉龍也不知道是真不懂還是裝不懂，一臉和善的問著。

校長趕快說明：「當然有，其實記過就是打一張單子給學生看的，我們不會真的上報到教育局，在學生快要畢業的時候，都還是會召開消過會議，盡量能夠不要妨礙學生的未來。」

周玉龍突然板起臉孔：「欸，校長，你這樣不行，這是知情不報阿。」

校長被周玉龍的話給嚇了一跳。

教務主任大概也聽得出周玉龍的意思，連忙說著：「但是吳建一是學校的自由搏擊校隊，之前還拿過一次校際的冠軍，如果只記他一個，而且真的呈報給教育局，恐怕他的體育生涯就會這樣斷送了。」

周玉龍淡淡的說：「我也希望幫助年輕人，但是敢做就要敢當阿。」

助理也補充著：「現在的學生就是太好命，我們那個年代喔，哪還有什麼消過會議，記了就是記了。」

滿屋子的大人都沉默了。

周玉龍喝光了杯子裡的茶，站了起來。

校長也趕快站起來。

「免送。」助理擋下了校長跟一票學校長官。

校長為難的看著周玉龍的背影。

原來今天，周玉龍不只是衝著周筱薔來的，更是衝著吳建一來的。

而且別的不說，光是講今年初校門口那五棵楓樹就好，學校為了擴建足球場，需要將五棵楓樹移到別的地方，但是學校實在沒有地可以移植，校長好不容易商議了其他城市的高職可以種植這五棵楓樹。

偏偏市長一句話說，這座城市的樹，只能留在這座城市。

牽一髮動全身的結果就是，這五棵樹移不開，足球場不能擴建，經費撥不下來。

為了這件事情，周玉龍動用了自己的人脈，硬是幫校長找了其他學校，五棵大楓樹，換了五棵小樹苗，不僅對市府交了差也對學校交了差，順利讓這個案子推動，並且核發了預算。

隔天一早，周筱薔那支大過不意外的被悄悄拿掉了，吳建一的記過單則是被直接送進教育局。

## 31

吳建一壓低了帽子，小心翼翼地看著來往行人，這時候的他，誰也不願意相信。

周筱薔坐在他旁邊。

要不是周筱薔堅持要他來，吳建一完全不想離開那個小小的房間。

說到底，他或許還是愛著周筱薔的。

吳建一看著周筱薔脖子上的項圈：「為什麼還戴著？」

周筱薔喝著可樂沒有回答這個問題。

吳建一提高了音量：「為什麼還戴著。」

周筱薔嘆了一口氣：「你不要我的手機沒關係，但是我還是有戴著項圈的權利，不用跟你報備吧。」

吳建一看著周筱薔的背影，他什麼話也說不出來。

這原本該是屬於他的木偶，現在控制權已經在別人手中了，不管他是否願意放手，都不由他。

突然間，一個男人端著餐盤，餐盤上有漢堡、可樂、薯條。

男人走過來之後直接坐在吳建一對面。

吳建一就像一隻受傷的野獸，看到有人靠近，立刻挺直了上半身。

「不用這麼緊張，放鬆點。」陳仕鵬說著。

吳建一看了周筱蕾的眼神之後，他才稍微放鬆了情緒，但是當他看到陳仕鵬將口袋裡的鑰匙、手機放在托盤上的漢堡旁邊時，一種難以言喻的感覺，瞬間淹滿他的胸口。

因為那支手機螢幕上顯示的，是專屬控制周筱蕾的木偶人ＡＰＰ。

本來應該是吳建一的東西，是吳建一自己放棄的。

原本吳建一以為，從他把遙控手機交給林倩倩的那一天開始，他就可以解脫、可以自由，但是事實的證明他錯了，不管有沒有那個ＡＰＰ，他最終還是回到周筱蕾身邊。

只是本來應該牽在他手中的繩子，不再屬於他了。

「那是我的。」吳建一說著。

但是知道了一切的陳仕鵬，自信滿滿的大口大口吃著漢堡，打量著周筱蕾，完全不想管吳建一。

這種蔑視，沒有一個男人能夠忍受。

「還給我！」吳建一伸手要拿回手機。

但是陳仕鵬淡淡的說：「手機我是跟一個叫做林倩倩的女人買的，你憑什麼說是你的？還是說，這手機是林倩倩從你這邊偷的？」

一句話就把吳建一問的啞口無言。

倩姐，是吳建一無法反抗的存在。

當時他不想繼續扛著周筱薔，所以選擇離開。

離開了就後悔了。

他想再拿回手機，問題是這個男人到底是誰，他認識倩姐，他跟倩姐是什麼關係？

吳建一的手，停在空中。

陳仕鵬把吃到一半的漢堡放下來，擦了擦手就拿起這支手機。

說到底，連他自己都戴著林倩倩的項圈，他還有什麼資格跟陳仕鵬爭取這支手機。

「你想怎樣？」吳建一問著。

陳仕鵬嘆了氣：「其實我們都一樣，要把控制權交給誰，一直都是木偶說了算，那究竟誰是木偶？誰是主人呢？」

「我沒那個閒工夫跟你猜謎。」吳建一不高興的握緊拳頭。

陳仕鵬還是沒打算放過吳建一，拿起那支手機就說：「餵我。」

周筱薔愣了一下，接著雙手就在項圈的控制下，不由自主的動了起來。

「你不要太過分。」吳建一幾乎是低吼著。

但是陳仕鵬有恃無恐的張嘴，讓周筱薔將薯條送進他口中，他毫不避諱的一口含住周筱薔纖細的手指。

周筱薔的臉，微微紅了。

吳建一的火，燒到了頭頂。

陳仕鵬在哪裡都是輸家，但是在這兩個年輕的學生面前，他是贏家，是勝利者，那種感覺非常美妙，難以言喻的美好。

尤其是陳仕鵬吃定了吳建一是個殺人通緝犯，在這種人來人往的美式餐廳裡，他不敢大聲吼叫，所以更是有恃無恐的吸吮著周筱薔的手指。

「我受夠了。」吳建一站起來就要走。

陳仕鵬說著：「別急，先坐下，我要說的話還沒說呢。」

「你想說什麼？」吳建一問著：「難道你能幫我脫罪嗎？」

陳仕鵬搖頭：「我當然沒有辦法幫你脫罪。」

吳建一說：「那還廢什麼話。」

陳仕鵬淡淡的說：「但是我可以讓你報仇。」

這句話，讓吳建一重新坐回位置上。

當一個人不甘心某個人、某件事情，那能夠驅使他向前的動力，除了脫罪之外，還有就是復仇。

周筱蕾訝異的看著陳仕鵬：「你、你想做什麼？」

陳仕鵬笑著：「你應該認識李成順吧？」

聽到這個名字，吳建一的表情瞬間垮下去，他皺起眉頭，死死盯著陳仕鵬，心裡不斷盤算著，這男人到底是誰，為什麼能夠知道這麼多事情，不只林倩倩、周筱蕾甚至連李成順他都知道。

吳建一摸不透這個男人，他只能乖乖的先坐回位置上。

而這個反應，陳仕鵬非常滿意。

「我問你，新聞報導裡那個義聯企業社的周玉龍是你殺的嗎？」陳仕鵬就好像聞到血的鬣狗，坐直了身體。

這問題不只是陳仕鵬坐直身子，就連周筱蕾也轉頭，有意無意地盯著吳建一。

吳建一則是馬上警覺的壓低帽子，打量四周。

陳仕鵬：「你放心，我不是警察。」

吳建一：「不是警察你問這問題做什麼？」

陳仕鵬放下了周筱蕾的遙控手機就說：「我只是想知道，你為什麼要殺周玉龍，因為整件事情看起來，最大得利者，就是李成順，而那天在車站跟我交易的人，好像是李成順？」

雖然事情的來龍去脈，陳仕鵬已經從林倩倩那邊得到了答案，但是他還是想再問吳建一一次，從吳建一口中，得到更具體的答案，而且他有預感，林倩倩告訴他的，只是事情的樣貌，至於其中每個人心中的想法，他還是要問當事人最準確。

「你知道這個做什麼？我沒必要回答你。」吳建一把臉別開：「而且你不是說倩姐……林倩倩賣你的手機嗎？」

陳仕鵬點點頭：「這就是我困惑的地方，所以如果我的推論沒錯，林倩倩跟李成順之間，應該還有些其它我不知道的關係，而這個關係，你知道。」

這一瞬間，餐館裡人來人往。

陳仕鵬、吳建一、周筱薔，三個人凝視著彼此，呼吸聲漸漸急促，社會上每一個人都說自己不八卦，但是當自己身處在八卦中心的時候，彷彿周遭每一個人，都有可能想知道自己祕密卻無從得知的興奮感，充斥著他們每一條神經，每一根血管。

## 32

陳仕鵬笑著喝了一口可樂。

平時在蘇建斌、蘇媽媽面前，不管做什麼、說什麼他總是被蘇家兩老壓著，現在他也享受了一下當獵人的感覺。

吳建一等不及陳仕鵬回應，直接就說：「幫我弄一艘船，然後給我一百萬，讓我逃到菲律賓去。」

陳仕鵬毫不避諱翻了白眼：「你以為在拍電影阿，還是以為我是黑道，能幫你弄一艘船然後送你偷渡？」

吳建一：「那我們沒什麼好談的。」

陳仕鵬語氣凝重的說：「錢對我來說，是可以處理的，但是我沒有能力幫你偷渡，我只是一個保險業務員，不是黑道角頭。」

吳建一：「那你覺得我憑什麼把我知道的告訴你。」

陳仕鵬：「其實我想你手裡應該也沒有可以讓李成順一刀斃命的證據吧？否則你不需要躲躲藏藏。」

吳建一愣了一下，他看著陳仕鵬：「你到底想怎樣。」

陳仕鵬沉穩地說：「我是覺得我們可以合作，就像我說的，我們現在就是坐在同一艘船上，我需要對付我的岳父岳母，而你需要對付李成順，對嗎？」

吳建一把臉別開：「我為什麼需要對付順子哥。」

陳仕鵬冷冷地說：「難道你都不會想把林倩倩搶過來，完全變成你的？」

這話，說的吳建一有意無意地瞄了周筱蕾，周筱蕾也正好抬頭，兩人四目相交，一種難以言喻的情感，流淌在兩人之中。

而陳仕鵬則是一把將周筱蕾摟過來：「不用看，現在她是我的玩具，這玩具是你拋棄的，既然你拋棄了，就不是屬於你的，如果你想要林倩倩，就大方一點，好好的去爭取。」

吳建一想了很久，最後他說：「李成順在義聯企業社本來只有輩分，會裡沒有人尊重他，後來是倩姐幫他想辦法，利用自己竹宴酒店領班的身分，讓我躲在廁所裡面，一口氣將義聯的董事長跟堂主通通幹掉，這樣李成順就可以藉由輩分問題上位。」

這話一說出來，陳仕鵬非常滿意的挺直了身子。

原來說到底，這個李成順的處境，跟他大同小異。

都是豪門裡的棄子，都在等著一個機會，然後藉機上位，這種人的心境，陳仕鵬再清楚不過了。

周筱薔則是閉上眼睛，她隱隱約約大概也知道這些事情，但是現在從吳建一嘴裡親口說出來的感覺，還是非常難以接受。

陳仕鵬馬上問：「林倩倩跟李成順是什麼關係？」

吳建一咬牙切齒的說：「李成順就是個無賴、廢物，本來就是靠倩姐養，但是他竟然打算背叛倩姐……。」

說到這裡，陳仕鵬馬上打斷吳建一，他只想知道對自己有用的訊息，李成順跟林倩倩之間的恩怨他一點興趣都沒有，他只要知道這兩人有關聯就行了：「你去殺周玉龍，是李成順指使的還是林倩倩？」

吳建一把本來要說的話嚥回去，無奈的說：「算是……算是李成順吧。」

「有證據嗎？」陳仕鵬追問。

吳建一搖搖頭。

陳仕鵬皺起眉頭，就像洩了氣的皮球那樣癱坐在椅子上，因為這是個講證據的時代，他如果想弄死李成順讓自己的岳父岳母臉上無光，那他就必須要有足夠的證據。

可是就如吳建一沒有證據一樣，如果吳建一手裡有證據，那他也不用東躲西藏，現在該頭痛的就是李成順了。

突然吳建一「阿」了一聲。

「想到什麼了？」陳仕鵬問著。

吳建一眉頭深鎖低頭想了想：「說不定還真的有。」

「在哪裡？」陳仕鵬追問。

吳建一說著：「在倩姐的屋子裡，那裡有監視器，而且都有錄音功能。」

「倩姐的屋子在哪裡？」陳仕鵬急切的追問。

吳建一拿了桌上的紙筆，寫下一個地址。

陳仕鵬非常滿意地拍拍吳建一的肩膀：「你先繼續回去等我消息，只要我拿到監視器內容就來找你。」

「等一下，這樣幫你，那我有什麼好處？」吳建一問著。

陳仕鵬冷笑：「傻孩子，等我拿到監視器內容之後也給你一份，你就能威脅李成順，然後讓他把林倩倩還給你，到時候你愛去哪裡就去哪裡。」

吳建一瞪著陳仕鵬：「沒有錢，我哪裡都去不了。」

陳仕鵬想了一下就說：「錢的事我會想辦法。」

吳建一思忖著陳仕鵬的話。

而陳仕鵬已經摟著周筱薔，直接消失在餐廳門口。

說之以理、動之以情、喻之以弊、誘之以利、懼之以害。

這一局，陳仕鵬可以說大獲全勝，他其實不相信林倩倩說要當朋友的那番話，但是從吳建一的反應看起來，林倩倩或許有隱瞞，但是並沒有對他說謊。

不管林倩倩到底是真心要跟陳仕鵬交朋友還是另有目的，陳仕鵬想要的都達到了，李成順根本是幕後黑手，這樣的人，蘇建斌還想跟他合作，並且把蘇晴嫁給他？

陳仕鵬非常期待看到，當這一切假面具，全部被他揭開的時候。

蘇建斌那不可一世，對他冷嘲熱諷的嘴臉，會有多可笑。

吳建一嚴肅的對周筱薔說：「我先回宿舍等妳。」

周筱薔看著吳建一的背影，她知道經過了今天之後，她跟吳建一，算是正式分手了。

不管最後吳建一有沒有真的跟林倩倩在一起，這個人都已經不關她的事了。

# 33

溫泉會館，還是上次那一家。

陳仕鵬躺在大大的圓床中間，一個裸體的女孩就趴在他的兩腿間，小嘴努力張開，吞吞吐吐的幫他服務著，脖子上的木偶項圈在燈光下閃爍。

五十幾吋的巨大螢幕上，這時候沒有放映旅館業者貼心準備的「愛情動作片」，反而放映的是新聞台。

話一講完，陳仕鵬就用力的把周筱薔的頭往下按。

「嗚……咳、咳。」因為頂到喉嚨，周筱薔劇烈咳嗽，拚命的想把陳仕鵬推開。

但是陳仕鵬力氣很大，完全不打算讓她逃開，屁股一夾緊，滿滿的體液就全噴進周筱薔嘴巴裡。

周筱薔用手摀著嘴想逃開，但是陳仕鵬拿著手機就說著：「吞下去。」

周筱薔乖乖的照辦，那柔弱的表情充滿了被欺負的委屈，但是仍然拉長了脖子把陳仕鵬的液體給嚥下去。

「你就只會欺負我。」周筱薔嬌嗔的看著陳仕鵬。

陳仕鵬一臉得意的說：「我就欺負妳，怎麼樣，那也是妳心甘情願被我欺負的。」

周筱蕾別開臉不想看他。

陳仕鵬拿著手機就說：「這場鬧劇也演得差不多，我要讓那個姓李的一刀斃命，哈哈哈哈。」

周筱蕾害怕的說：「我覺得這樣差不多了，不要再逼順叔了好不好，如果把他給逼急了，我怕順叔會跟我們拚命。」

「拚命？」陳仕鵬冷笑著：「他就算想拚命也要找的到對象阿，他現在連到底是誰爆他的料他都還搞不清楚，他想要兩敗俱傷也沒辦法啦，哈哈哈哈，拿妳的手機過來。」

聽到陳仕鵬的命令之後，周筱蕾愣了一下，然後就伸手過去把自己的手機拿起來。

「把吳建一的地址發給警察局還有新聞台吧。」

周筱蕾愣住，她睜大了眼睛看著陳仕鵬，然後自己的手就不由自主的開始打訊息。

「等、等一下，你不是說不會傷害他？你這樣、這樣會把建一害死的，不可以。」周筱蕾聲嘶力竭的喊著，但是手指卻飛快的按著螢幕上的訊息。

她急的眼角都是淚水。

陳仕鵬冷冷的說著：「吳建一殺了妳爺爺，他逃不掉、躲不掉，早晚會被警察抓到，甚至妳幫他報警，讓警察找到他都好過讓李成順的兄弟找到他，所以妳幫他報警其實是幫著他，而且妳也知道妳們根本沒有未來，他甩了妳，現在妳可以用這種一半報復，一半幫助他的方式告別這一段愛情，妳自己很清楚，這是最好的結局。」

周筱蕾哭了，但是她沒有停下手中的動作。

陳仕鵬最後說：「而且這是在幫妳爺爺報仇、幫當時被甩掉的妳報仇！妳不願意傷害吳建一、李成順沒關係，我來，我幫妳。」

最後她發出了訊息。

然後整個人虛脫般的趴在床上。

赤裸著身體的她，青春正好。

明明只是一封訊息卻弄得她渾身汗水，她曾經最愛的男人，卻是她親手給送上了斷頭台，也是把這段青春給送上斷頭台。

陳仕鵬發現自己就愛看周筱蕾這個樣子，這種痛苦又委屈，無能為力又只能乖乖屈服的感覺，那是一種霸道的征服感，這麼多年了他只有在周筱蕾身上，找到身為男人的尊嚴，病態的尊嚴。

幾個小時之後，電視新聞畫面變成了直播警方的攻堅小組，在一棟老舊公寓底下集結。周筱薔不想看，但是陳仕鵬拉著她脖子上被綁了牽繩的項圈，周筱薔脖子上的項圈閃爍著光芒，雖然她不斷哀求著，陳仕鵬依然直接把她姣好的身體摁在電視牆上。

再一次，囂張跋扈的進入周筱薔的身子。

而從周筱薔囈語呢喃不斷晃動的身體旁邊，可以看到新聞台的標題顯示「警方與新聞台同時收到可靠的匿名者爆料，〇宴酒店兇殺案在逃嫌犯吳╳一，非常有可能藏匿地點，就在這棟學生宿舍裡面」。

警察與記者全部擠在學生宿舍樓下，警方準備攻堅。

☘

而此時學生宿舍裡面的吳建一，回到家後他就洗了個澡，然後站在廁所裡。

他穿著一件背心，手裡拿著剃刀，在自己脖子上比畫了幾下，最後他哭了，落下淚水。

哭完之後，他擦去眼淚，露出一種堅毅的表情，然後把自己的頭髮給剃掉。

短短的頭髮，就跟他的高中時代一樣。

「碰！」

就在這時候，新聞台的新聞畫面清楚的看到，警察拿著撞門椿狠狠的朝學生宿舍大門撞下去。

紅色的鐵門發出巨大聲響。

「碰！」

第二下，門鎖幾乎直接被撞破。

但是因為吳建一把鐵門上的門閂給拴上了，所以大門沒有直接被撞開。

警察舉起門樁，第三下狠狠的焊在大門上。

「碰！」

終於，學生宿舍的門再也撐不住，當場被撞破。

緊接著就是一大群警察湧入，第一名警察拿著盾牌衝進周筱薔的宿舍。

原本應該是秀氣優雅的女學生宿舍，被警察堅硬的皮鞋給踩髒。當拿著盾牌的警察衝進宿舍之後，吳建一一手夾著陶瓷的水箱蓋，直接踩著警察盾牌，身手非常俐落的往門上氣窗一跳。

他整個人筆直穿過狹窄的氣窗，踩著外面走廊的牆壁，直接一個落地就越過了大部分員警。

後面，全部都是記者。

一大堆相機對著吳建一。

吳建一前滾翻之後，快速往樓梯口跑。

但是樓梯底下，一大票警察快速上樓。

宿舍裡面拚命往外擠的員警也紛紛掉轉槍口，「不要動」、「不要跑」、「你已經被包圍了」的喊叫聲此起彼落。

吳建一只能轉頭就往頂樓衝。

大批警力也在推擠中跟著往上追。

吳建一撞開頂樓大門跑到女兒牆邊一看。

一樓底下，早已經是大批的警察車、SNG車，還有封鎖線賭得水洩不通。

吳建一馬上轉頭往另外一邊的防火巷方向。

防火巷狹窄，兩邊停滿了汽車，警車根本進不來，所以吳建一跑到另外一邊的女兒牆。

「磅！」不知道哪個員警對空鳴槍。

吳建一被嚇得縮起身子。

就在第一發空包彈被打掉之後，員警紛紛衝上頂樓。

「不要動，你已經被包圍了！」

# 34

但是吳建一也不愧是曾經的搏擊代表，就看他毫不猶豫當下把手裡的陶瓷水箱罩往警察方向一扔。

「磅！」警察開槍。

子彈，直接擊碎水箱罩，陶瓷的水箱罩炸裂的瞬間。

吳建一把心一橫，直接往樓下跳。

「不要跳！」警察急著大喊。

已經來不及了，當大批警力衝到女兒牆邊的時候，就看吳建一跟拍電影似的踩著冷氣機，不管是窗型的還是壁掛式壓縮機，有什麼他踩什麼，一路就往下跳。

五樓高度落下，就看吳建一從四樓到三樓、從三樓到二樓。

最後二樓掛在外牆的壓縮機撐不住吳建一，直接崩斷。

吳建一從二樓摔下去。

他也不愧是校隊代表，非常清楚自己的身體素質，所以他努力避開要害，側著身體左肩落地。

為什麼總說警察抓不到賊，因為吳建一在逃命，而警察是公務員領薪水的。

遇到這種情況，五樓的警察只能眼睜睜看著他一拐一拐的往巷子口逃跑。

只不過當吳建一衝出防火巷的時候，後門埋伏的警察突然衝出來，一大票警察掏槍出來對準了吳建一。

吳建一絕望了。

這就是天羅地網。

他已經沒有任何武力能夠對抗這些包圍他的手槍。

他只能乖乖地舉起手。

而且他知道，他不是冤枉的，周玉龍的確就是被他幹掉的，一但落網，他幾乎沒有再逃出生天的可能。

警方隔著馬路，快速的收縮包圍網靠過來。

然而此時，一輛重機，呼嘯而過。

一個身穿緊身皮衣的女人，直接衝進包圍網內。

就算知道這人肯定是他的同夥，但是警察當然不可能對來路不明的陌生人開槍，特別是還有一大堆攝影機對著吳建一的此時此刻。

這一槍下去，吳建一到底是不是竹宴兇殺案的兇手還有待偵查，再者說，這女人顯然沒有攻擊警方的意圖，在這樣的情況下，就算能夠當場將吳建一擊斃，也很難說會不會傷到這名重機騎士。加上還有這麼多記者在場的情況下，警方沒辦法承受這種畫面被全國直播所帶來的輿論壓力。

因此，儘管只有一下下的遲疑，那女人的動作非常俐落，一衝進來馬上拉起吳建一，吳建一坐上後座，女人猛灌油門拉高前輪，直接衝出包圍網，就在一大堆攝影機跟警車蜂鳴聲中揚長而去。

救走吳建一的人，當然是林倩倩。

林倩倩一進屋子，就憤怒地把安全帽往沙發上一扔。

吳建一還沒說話，林倩倩直接要他閉嘴，跪下。

林倩倩拉開了皮衣的拉鍊，露出酥軟豐碩的上乳房：「我說過什麼，叫你躲好、躲好，為什麼被找到？」

吳建一低著頭，一句話也說不出來。

他怎麼知道為什麼會被找到，他連自己原來是被周筱薔出賣的都不知道。

林倩倩氣呼呼的坐在沙發上，似乎也不是真的打算吳建一回復什麼，當下就把腿伸過去：

「把我的鞋子脫了。」

吳建一就像聽到了主人命令一樣的狗，馬上爬到林倩倩腳邊，然後恭恭敬敬，像在捧什麼寶物一樣的幫林倩倩把那性感的靴子脫下來。

脫下來以後，吳建一偷偷瞄了林倩倩一眼，然後緩緩的捧起林倩倩白皙赤裸的腳掌，湊下去，輕輕地舔了一下。

「你這沒有用的玩具。」林倩倩上半身靠在沙發上，也沒阻止他，只是冷冷地看著吳建一，並且羞辱著他。

但是吳建一根本不在乎，他看林倩倩沒阻止，已經肆無忌憚地伸出舌頭，沿著腳背緩緩往上舔。

突然，林倩倩把腳收回來。

一腳就直接踹在吳建一胸口。

吳建一往後倒。

林倩倩走過去，裸足，不輕不重的踩在吳建一那已經精神抖擻到下體。

吳建一就像被鼓舞了一般，他伸手想抓林倩倩的腳。

林倩倩這次沒有閃躲，兩腿直接跨過吳建一，纖細的腰緩緩坐下來，小屁股，就壓在吳建一結實的腹肌上。

突然，林倩倩一巴掌打在吳建一臉上。

「啪！」

吳建一縮著身體，趕快又把臉轉正，臉頰重新迎上林倩倩。

林倩倩冷冷地說：「你說說，我到底要你這玩具有什麼用？我說了會幫你想辦法，叫你躲好，就這麼簡單的事情你也沒辦好，我到底要你何用？」

吳建一沒說話，只是昂起脖子，表情又是顫抖又是期待的對著林倩倩。

林倩倩一把抓住吳建一那昂然挺立，硬邦邦的分身就說：「被罵成這樣還硬的起來阿，不要臉的東西。」

話說完，林倩倩又是一巴掌打在吳建一臉上。

吳建一忍耐著。

林倩倩則是捏著吳建一的奶頭，毫不留情的用力捏揉。

而就在這時候，吳建一咬牙忍著痛，用顫抖的手拿出手機。

他把手機放在地上，按下了播放鍵。

林倩倩的表情瞬間垮下去。

因為手機裡面的畫面是那一天在學生宿舍樓下，李成順抱著周筱蕾的畫面。

周筱蕾是周玉龍的孫女，也是李成順需要照顧的對象，這沒什麼問題，林倩倩也很清楚李成順的盤算，本來為了安撫義聯那些老傢伙，這是必要的手段，問題是李成順說的話。

「之後順叔會想辦法娶晴陽建設公司的千金，他們有個建設案能暫時穩住四大分堂，公司的事情妳不需要擔心，妳爺爺公祭那天我來接妳，當天要是有記者還是什麼人來採訪，妳一概說不知道，知道嗎？」

聽到「娶晴陽建設公司的千金」這幾個字，林倩倩瞪大了眼睛咬著牙，一下子不知道該說什麼才好。

而她的門鈴，就在這時候響了。

## 35

同樣的餐桌，同樣的溫暖色調。

蘇晴切好了一盤水果放在陳仕鵬面前。

陳仕鵬笑著滑動手機。

這世界上的事情就是這麼有趣，陳仕鵬跟林倩倩買手機，林倩倩把手機給了李成順讓他去交易，李成順勾搭上蘇家打算藉機上位，蘇媽媽則想用李成順打壓陳仕鵬。

就這個意外讓陳仕鵬發現，李成順跟林倩倩的關係，也因此得知他讓吳建一殺掉周玉龍的事情。

最關鍵的是，吳建一扔了周筱薔這木偶，讓陳仕鵬有機會變成周筱薔的主人，他控制了周筱薔，只用一通電話，就把這一切都給推倒，他也沒想過踏破鐵鞋無覓處，得來全不費工夫。

特別是當周筱薔在經過陳仕鵬撻伐，趴在冰冷的地板上，臉上都已經分不清楚是汗水，還是淚水的時候，她用微弱的聲音問陳仕鵬為什麼說話不算話。

陳仕鵬渾身赤裸的蹲在她面前。

輕柔的摸摸她的頭說：「搞清楚，他可是殺人犯，我將他繩之以法，我才是正義的一方吧，而且說到底訊息是妳發的，不是我阿，怎麼會是我說話不算話呢？」

周筱薔摀著臉，趴在地上，什麼話都說不出來。

而陳仕鵬繞了這麼一大圈，終於回到這裡了。

蘇晴坐下來後問著：「趙叔說，你好幾天沒進通訊處了？」

陳仕鵬滑著手機「恩」了一聲。

蘇晴接著說：「晚一點我要去義聯的會館。」

陳仕鵬愣了一下，原本滑手機的手停了下來：「又要去找那個姓李的？」

蘇晴點點頭：「目前李成順上位的機率非常大，一但他接掌義聯，我爸的事業就非他不可，所以我爸希望今天的餐會我也能出席。」

陳仕鵬皺起眉頭：「又是餐會？」

蘇晴看著陳仕鵬：「仕鵬，你載我去好嗎?有你在我比較放心。」

突然，陳仕鵬再次想起了那張照片。

蘇晴赤裸身體，被一大群黑道包圍的照片。

「義聯的會館在哪裡啊？」陳仕鵬問著。

蘇晴馬上拿起手機，將一個地址發給陳仕鵬：「我就知道老公不會丟下我不管，捨不得對不對？」

陳仕鵬一看這地址，跟吳建一給他的相同，如果是以前，他打死也絕對不可能去參加這種餐會，但是這一次不一樣。

他本來的計畫，從來沒有打算幫吳建一逃亡，他要的一直都很簡單，就是藉由吳建一去讓李成順這個幕後的大黑手曝光，所以只要他確定目標就可以了，吳建一在牢裡比在菲律賓，對他來說有用多了。

但是偏偏在新聞最後不知道哪裡殺出來的攔路虎，竟然把吳建一救走。

這整件事情已經造成軒然大波，有人指責警方辦案不力，有人猜測那名騎士到底是誰，也有人說周玉龍的死因不單純，總之謠言滿天飛。

本來想抽身退出的陳仕鵬必須要再想辦法，想辦法把社會上一切輿論，導回李成順身上，只有李成順黑了，蘇建斌、蘇媽媽才能把他們那張揚跋扈的嘴臉給收起來。

因此，他左思右想，發現自己還有一條路可以走。

那就是吳建一說的錄影畫面，林倩倩屋子裡的錄影畫面。

對陳仕鵬來說，他自己當然不可能進得了這個義聯大本營。

但是如果有蘇晴在，那就不一樣了。

陳仕鵬當下努力按耐著興奮的心情說：「載妳去可以，但是先說好，我只在車上等妳，不進去喔。」

蘇晴馬上露出招牌的燦爛笑容，她像隻貓一樣挽著陳仕鵬的手：「恩，知道了。」

陳仕鵬沒正面回應，只是看著窗外，這是他人生第一次，這麼心甘情願又期待的，當蘇家的司機。

半個小時後。

陳仕鵬載著蘇建斌、蘇媽媽，還有蘇晴來到林倩倩屋子外面的時候，李成順主動的走出屋子接待蘇晴和蘇建斌。

當然，當李成順走出屋子時候，陳仕鵬一眼就看到他脖子上的辮子刺青，加上湯屋的照片、新聞報導的畫面等等，他非常確定，這就是那一天在車站把遙控器賣給他的那個人。

李成順大方的對陳仕鵬說：「司機的話我們一樓有休息室，可以先到休息室休息。」

如果是以前聽到這句話，陳仕鵬肯定大翻白眼然後甩手走人。

但是這一次，陳仕鵬沒有反抗，他乖乖的點點頭，然後在蘇晴面前點了一根菸，直接走進休息室。

蘇晴彷彿擔心陳仕鵬會不高興那樣的多看了他一眼，但是陳仕鵬什麼反應都沒有。

依然打扮珠光寶氣的蘇媽媽笑著說：「唉唷，慢慢地終於也會認份了，是嘛，就算是一條狗，教訓了這麼多次也該學乖了，不就是要錢嘛，只要他乖一點，大不了離婚的時候多分給他點就是了。」

蘇晴瞪了媽媽一眼。

蘇媽媽大概也知道蘇晴維護丈夫的心思，當下挽著女兒的手：「好好，我不說了還不行嗎？今天生意要緊。」

陳仕鵬目送一大票人走進林倩倩的宅子之後，他也沒真的躲進休息室，反而是走到門口，拿了一根香菸給蹲在門口的年輕人。

「你們順子哥，平常就住在這裡喔？」

「沒有啦，他也是偶爾才過來。」

「為什麼？他不是義聯的董事長了？這裡不是義聯會館嗎？」

「才不是，偷偷講，這裡是順子哥女人的地方啦。」

「順子哥的女人？」

年輕人笑著夾了一張名片給陳仕鵬。

名片上寫著：「竹宴酒店，公關，林倩倩，電話號碼：XXXX-XXX-XXX。」

一看到這組電話號碼，陳仕鵬笑了。

年輕人壓低聲音說著：「有機會多照顧一下我們倩姐的生意阿，你們建設公司的司機，應該很多機會跑酒店吧。」

陳仕鵬笑著對年輕人點點頭，隨後就躲到旁邊去。

他把手機拿出來，輸入了林倩倩的號碼，接著他的手機就跳出來「近期通話」的訊息。

雖然他會願意來這裡，大概就是有個底了，但是這可是黑道，為了避免出錯，他還是小心翼翼地確認了，這裡的確就是吳建一說的那個地方，而且吳建一說的如果真的沒有錯，那不只屋簷邊有安裝的監視器，應該整棟屋子都有監視器，現在他只要把監視器的內容給找出來就可以了。

那個蹲在門口把風的年輕人抽著菸，躲到牆角下偷懶去了。

陳仕鵬沿著監視器上面的電線看了一眼。

儘管安裝的很隱密，但是其實這裡只是一般平房，並不是什麼機密的國安單位，不會有什麼中央控制室，或者什麼誇張的保安系統把監控給藏得多嚴密。

陳仕鵬估計只要找到電腦就能撈出監視器的畫面。

那如果不在一樓，這個系統就只有可能在二樓了。

只要能夠讓蘇建斌、蘇媽媽顏面掃地……。

陳仕鵬這輩子就沒有一刻像現在這麼大膽。

人，到頭來總是要賭一把的。

陳仕鵬推開了林倩倩的房門。

餐廳，蘇建斌、蘇媽媽、蘇晴還有李成順杯觥交錯之間高談闊論，他們在聊著以後的合作方案。

而陳仕鵬則是壓低身體閃了一下，悄悄地往二樓走去。

在陳仕鵬上樓的時候，蘇晴難得主動舉起酒杯，跟李成順敬酒。

## 36

這別墅的二樓，出乎意料的寬敞，而且也不像什麼三步一崗五步一哨黑道的會館。或許因為這是林倩倩屋子的關係，並沒有一般黑道的肅殺氣息。

也因為今天李成順要接待的是蘇家人，他跟蘇家人是合作夥伴，需要彼此提防的地方是談判桌上的商業行為，而不是像陳仕鵬這樣偷偷潛入二樓的小偷行徑。

所以陳仕鵬在二樓書房，找到了一部桌上型電腦，讓他更意外的是，這部電腦沒有上鎖，輕易的就可以打開，然後在桌面的資料夾裡，他把監視器的內容給叫了出來。

監視器一叫出來，陳仕鵬就傻了。

因為他看到的畫面是，吳建一綁著項圈，李成順騎在他身上，一手拉著項圈，一邊笑著對他說：「你明天跟林倩倩到竹宴酒店去等著，主要目標是周玉龍，除了把他幹掉之外，那幾個該死的堂主，有多少個就給我殺多少個，聽到沒有。」

吳建一咬著牙，忍著李成順給他的衝擊感，閉著眼睛用力點頭。

這簡直是撿到寶了，彷彿一切都是已經有人幫他整理好了一樣，順風順水，他不但不用找，只要直接把這個資料夾拿走就行。

突然，就在這時候，腳步聲傳來。

陳仕鵬匆匆忙忙打開雲端，他直接把所有影像往雲端上面扔。

接著自己躲到沙發後面。

「啪。」書房燈開了。

正是李成順。

李成順環視著書房。

陳仕鵬就躲在沙發旁邊，其實根本不算什麼躲藏，只要李成順稍微移動身體就可以看到他。

李成順慢慢的走進書房，他走到酒櫃邊，拿出一瓶紅酒。

陳仕鵬根本沒心情去看他那瓶紅酒是什麼牌子的，他只能拚命把身體壓低再壓低，只求不要被李成順發現，說到底這裡可是義聯的地盤，如果他被發現的話，恐怕當場就會被大卸八塊扔進池子裡餵魚。

但是李成順拿了紅酒之後還不走，他困惑的緩緩地朝電腦桌這邊靠近。

陳仕鵬萬念俱灰根本不知道該怎麼辦才好。

然而就在這時候，穿了一身性感小禮服的林倩倩突然站在門口。

「蘇董事長他們不是在樓下嗎？你怎麼上來了？」林倩倩問著。

李成順的注意力被拉走，他走向林倩倩，接著就把手輕輕放在林倩倩腰上：「妳怎麼回來了？不是說今天酒店有事嗎？」

林倩倩伸出手指，端起了李成順的下巴：「怎樣？怕我回來啊？」

「怎麼會。」李成順笑著。

林倩倩雙手勾在李成順脖子上：「我剛剛在樓下有看到，那位就是蘇家大小姐，蘇晴吧？氣質真好。」

「是嗎？」李成順一臉裝傻的說：「氣質好有什麼用，只能看又不能吃……。」

說完之後，李成順就把臉埋進林倩倩的胸口，用力吸吮：「……不像妳。」

林倩倩非常享受的仰著脖子，任由李成順的鼻子在她身上磨蹭：「這樣好嗎，蘇董事長一家人可是還在樓下等……。」

「管他的，就讓他們等。」李成順將林倩倩抱起來，扔在柔軟的沙發上。

「呵呵。」林倩倩笑著，用力回吻李成順：「你不會看上人家蘇小姐吧？」

「怎麼可能。」李成順把林倩倩摁在沙發上：「那個有老公的。」

林倩倩把李成順推開：「有老公可以離婚阿，誰不知道你們男人在想什麼。」

李成順陪笑臉：「妳知道的，除了妳之外我對什麼女人都沒興趣。」

「是吧？」林倩倩突然笑著對李成順說：「那你命令我。」

「現在？」李成順問著。

林倩倩點點頭：「對阿，你不是說，就讓他們等沒關係，還是……你後悔了？」

「後悔個屁。」李成順冷酷的說著：「給我趴在沙發上，屁股翹高。」

林倩倩露出嬌媚的笑容，當下把上半身趴在沙發上，雙腿撐直，屁股翹高。

李成順走過去，直接撩起林倩倩的裙子。

林倩倩的裙子底下，穿了一件非常性感的丁字褲，豐滿的屁股就夾著丁字褲的蕾絲布料。

李成順看到這件丁字褲之後，眼中閃爍著興奮的光彩，就看他走過去一把將丁字褲扯開，讓林倩倩那宛如清晨含著些許朝露般的花蕊直接綻放在面前。

但是幾乎是同一時間，陳仕鵬已經躲在辦公桌後面伸出手，雲端上備份完了影像檔，然後他把自己的造訪資料清除，雲端登出，悄悄的從沙發旁邊匍匐前進。

林倩倩一頭秀髮，散落在沙發上。

肉體撞擊的聲音，還有男女濃郁的氣息，瀰漫在整間書房裡面。

陳仕鵬溜下樓，他鬆了一口氣。

笑了。

他不僅拿到吳建一口中能夠讓李成順一刀斃命的證據，還有更多更多，他想都想不到的畫面與檔案，全部都到手了，簡直有如神助。

只要他把這些證據發到警察局、新聞台，李成順就等著被拉下台，看他還怎麼當這個義聯企業社的董事長。

大約半個小時以後，李成順擦去額頭上的汗水，把衣服重新穿好以後下樓。

林倩倩裸著身子，趴在沙發上問著：「我有需要下樓幫忙招呼嗎？」

李成順吻了林倩倩的肩膀：「不用，談生意是男人的事，妳只要在這等著當大哥的女人就行。」

林倩倩點點頭，縮著慵懶的身子閉上眼睛。

李成順拉緊了脖子上的領帶，拿起紅酒，有意無意地看了電腦一眼，然後趕下樓和蘇家人見面。

「李董好忙阿，不然你先忙，我們改天再約也可以。」一看到李成順下樓，蘇晴直接表明不滿。

李成順趕快陪笑臉：「蘇小姐說笑，我剛好遇到一些事情要處理，不過已經處理完了，真是不好意思。」

蘇媽媽則是趕快幫忙緩頰：「李董剛剛接任，肯定很多事情要忙的，忙點好……。」

蘇建斌也說著：「其實我們也談得差不多了，就只差簽約，如果李董有事情要忙，先去忙沒關係，有個代表人簽約就行。」

李成順把合約拿出來放在桌上。

只是合約還沒打開蘇晴就說：「其實簽約也不急著今天，還是我們先把合約拿回去看一下？改天再談？」

李成順皺起眉頭：「蘇董……今天不是來簽約的？」

蘇建斌趕快說：「晴晴，妳在說什麼，合約不是早就看過了嗎？」

蘇晴刻意壓低聲音，但是又保持讓李成順聽到的音量說：「但是李董，畢竟還沒有正式接任義聯的董事長，我們現在就跟他簽約，只怕不合適吧？」

蘇建斌愣了一下。

李成順有點無奈的說：「其實已經差不多了，就只差正式的公司人事命令。」

蘇晴收起合約，有禮貌地笑著：「那就對啦，還差一步就是還沒有完成，不然這樣，合約我們先拿回去，等義聯企業社正式的命令下來，李先生接任董事長之後，我們就馬上把合約簽回來吧。」

話說完，蘇晴拉著父母，直接離開屋子。

李成順咬牙切齒地看著蘇晴。

但是這時候他也不能怎麼樣，畢竟蘇晴說的是事實，對內他還沒正式接任義聯企業社董事長，對外他也還不是正式的公司代表人。

蘇媽媽趕快拍拍他的胸口說：「順子，別著急，你不用擔心，我跟建斌都是支持你的，只要再給晴晴一點點時間，我相信她會想通的。」

李成順昂起脖子：「蘇媽媽，我不擔心，跟她那個廢物老公相比，我相信她早晚會選擇我。」

「欸，那就對嚕。」蘇媽媽滿意的笑著：「男人就是要有這樣的自信，那我們先走，改天約。」

## 37

把蘇建斌跟蘇晴、蘇媽媽送回家之後，陳仕鵬就藉口還有客戶要拜訪離開了，雖然蘇建斌壓根不認為陳仕鵬有什麼客戶可以跑，但是相較之下，他也不想陳仕鵬踏進他的屋子，他寧可多跟自己女兒老婆多相處一下。

所以陳仕鵬坐在一家燒烤店外面。

他翹起二郎腿，一臉春風得意，完全是勝利者的姿態。

遠處，周筱薔扭扭捏捏的緩緩靠近。

東張西望著，眼神游移閃爍。

周筱薔站在陳仕鵬面前：「你真的拿到建一說的東西了？」

陳仕鵬沒有回應這個問題，反而有點不高興的說：「誰准你圍圍巾？」

周筱薔沒說話。

陳仕鵬突然一手就把周筱薔的圍巾扯下來。

周筱薔的脖子上，露出了木偶人項圈。

露出項圈沒什麼，現在很多女生也都喜歡戴著各種造型項圈出門，關鍵是當她露出項圈的時候，陳仕鵬拿了一條牽繩，直接公然的在大街上，就扣上周筱薔項圈上的小鐵環。

完全把她當成家寵對待。

周筱薔臉瞬間就紅了。

因為一個大美女，在馬路上公然被當成寵物般的綁上項圈。

而且這大美女的穿著沒有任何的暴露或者不得體，甚至應該說周筱薔穿了一件連身的小洋裝，長袖的衣服、寶藍色的高跟鞋，端莊秀麗的妝容給人一種冰山美人可遠觀而不可褻玩焉的距離感。

偏偏這樣的美女讓人公然綁了一條牽繩，一種難以言喻的羞恥感在周筱薔身上蔓延。

陳仕鵬就是故意要享受周筱薔這樣的羞恥，他拉著周筱薔走進燒烤店。

燒烤店裡，人來人往。

店裡每一個人都偷瞄著周筱薔跟陳仕鵬。

陳仕鵬完全無視這些目光，牽著周筱薔直接坐下。

周筱薔則是羞得滿臉通紅。

有些時候，在大庭廣眾脫光了衣服反而沒什麼，像這樣穿著端莊華麗，卻被男人在脖子上綁了牽繩的感覺，卻有種難以言喻的羞恥感。

來來往往的人，全有意無意地打量著周筱薔。

周筱薔低著頭。

陳仕鵬還自在的跟店員點餐。

店員是個帥氣的男生，男孩子也不斷看著周筱薔。

那眼神，彷彿已經把周筱薔上上下下強暴了數十次一樣放肆。

陳仕鵬拿出筆電，在筆電的桌面上有一個資料夾，他要周筱薔登入自己的帳號，最後將這個資料夾發送給警察局、新聞台。

周筱薔點開資料夾。

她簡直無法相信自己的眼睛。

因為這個資料夾中的影片檔，除了有林倩倩屋子裡面的畫面之外，還有竹宴酒店金龍廳的畫面。

周筱薔搖著頭，不要說她完全沒料到監視器畫面如此齊全，就連陳仕鵬也不敢相信，怎麼會連竹宴酒店的監視器畫面都有。

總之為什麼畫面這麼齊全對陳仕鵬來說不是重點，重點是陳仕鵬跟她說：「反正吳建一本來就逃不掉了，給妳發這些資料，只是給妳機會幫妳爺爺報仇，來，現在把他的資料給發出去吧。」

「我、我……。」周筱薔顫抖著身體，看著這些畫面。

血腥、暴力、性愛、荒唐。

如果不是親眼看到，她也沒辦法相信，這就是她愛了多年的男孩子。

最後，影片通通被發出去。

影片中，除了有吳建一在李成順胯下哀號的畫面，還有他在金龍廳發狠，撲向梅、蘭、菊、竹四位堂主的時候，因為他們幫派聚會，為了避免擦槍走火，所以都沒有帶槍械，頂多就是拿餐刀跟吳建一對峙。

那一天的吳建一殺紅眼了，就算是拿槍來他都不怕了，更何況四位堂主本來就不是什麼多能打的傢伙。

吳建一殺了一個又一個。

他們四個到死都不敢相信，在江湖裡刀光劍影的日子，居然敵不過一個孔武有力的年輕人。

所以當這些畫面曝光的時候，李成順幾乎要炸了。

林倩倩的屋子裡面，李成順拿著菸灰缸扔向她，林倩倩雖然努力縮著頭，但是仍然被菸灰缸打中肩膀。

李成順大罵：「妳怎麼辦事的，這些畫面會流出去，顯然就是出了內鬼，吳建一呢？妳把他藏在哪裡？」

林倩倩完全沒有順從、伏低做小的姿態，她只是低頭啜泣，而李成順則是穿上了外套，轉身就往後門走，臨走的時候他扔了一句：「我會把那個爆料者找出來，妳的人妳自己負責搞定，我不要看到這個叫吳建一的在電視上對我指手畫腳，不然我一樣把妳撈起來。」

林倩倩咬牙忍著，這男人似乎忘了，這麼多年下來，他才是被圈養的那一個。

而正當李成順走向門口的時候，他的手機響了。

李成順接起電話。

是一個老人的聲音。

李成順非常恭敬的喊著：「季叔。」

電話裡面叫做季叔的老人用滄桑的聲音說：「順仔，我怎麼說的，你把代誌鬧得這麼大，現在要怎麼給會裡的叔叔伯伯交代？」

李成順急了：「季叔，給我一點時間，我會處理，會裡哪些老傢伙不服，就叫他們來找我吧。」

「找你？你有能力扛？」季叔的聲音冷漠而無情：「會裡四條線八位總幹事，莫非你打算把他們的盤子歸碗捧起來？」

李成順回答不上來。

季叔嘆了一口氣繼續說：「土龍在位的時候，從來不賣藥，他一倒，你就讓少年仔到叔叔伯伯的場子賣藥，順仔，當時我就跟你說過，不要把事情做絕，上個月在你王爺叔的盤子捧掉番堂就是你的人吼？」

李成順又沉默。

季叔的聲音沉穩而冰冷：「你以為王爺不知道，那傢伙雖然眼睛瞎了，但是心裡對會裡的事清清楚楚，你知道番堂的堂主就是王爺的契子嗎？你給他落派頭，現在又鬧出這麼大的事情，你說還有人敢保你？」

「季叔，你幫我，那個姓王的沒這麼厲害，我知道你在電視台有人，你幫我發新聞帶風向，那個爆料的人我會負責抓出來，現在我的情勢這麼好，只要讓我上位，我不會虧待你的，姓王的手裡那半條線我都歸你管，季叔，幫我。」

季叔冷笑：「順仔，你才『代』管義聯幾個月就搞成這樣，真的給你當董事長還得了？我告訴你，現在事情已經沒有轉圜的餘地了，我看哪家電視台敢幫你帶風向，如果我是你，就趁現在事情還沒清楚緊跑，義聯的追殺令，很快就會發出去了。」

話一講完，季叔把電話掛上。

李成順的表情簡直跟吃了一斤大便沒什麼兩樣。

電話剛一掛上，另外那一支手機就響了。

李成順瞪了倩姐一眼，咬牙切齒的說：「那個叫吳建一的小子到底跑到哪去了。」

林倩倩皺起眉頭，她的肩上、腿上都是瘀青，縮在沙發上打著電話：「我也不知道，我正在找他，已經人叫出去找人了。」

「磅。」李成順把桌上杯子扔到牆壁上。

林倩倩縮著身子像一隻害怕的小貓。

「找？還再找？找你媽，那是妳的人，妳說過什麼？他很有天分？現在出了事情就找不到人叫做有天分？」李成順劇烈喘氣，一把就抓起桌上響個不停的手機。

他看了一眼之後就把手機扔到旁邊：「媽的，又是電視台。」

# 38

「根據可靠的消息指出，人稱土龍的義聯角頭周玉龍被血腥殺害的當天晚上，外號毒蠍的李成順就與晴陽建設董事長蘇建斌共進晚餐，而且選的還是非常高檔的酒店，這其中是否有一些如外界傳聞的曖昧關係，記者現在就在晴陽建設的辦公室底下，我們看到蘇董事長出來了。」

整件事情全都炸開了，記者衝上去的時候，保全馬上把記者擋開讓蘇建斌坐進車子。

李成順拿起手機就按下了發話鍵，這一通電話，直接打給剛剛坐進車子裡的蘇建斌。

蘇建斌把電話接起來：「喂？」

李成順冷冷的說著：「蘇董事長？」

蘇建斌沒講話，只是沉默下去。

李成順大概是怕蘇建斌把電話掛掉，馬上開口說著：「蘇董事長，有件事情想拜託你幫個忙。」

蘇建斌還是沒講話。

李成順接著說：「現在新聞很多臆測都不是真的，由於我的身分比較尷尬一點，所以希望蘇董事長可以出來幫我說說話，而且就我知道，蘇董事長在新聞台裡面似乎有認識的高層，如果可以的話，希望蘇董事長能夠幫我帶一下風向，我想過了完全可以操作成對我們公司的抹黑，如果蘇董事長能幫我一把，我相信對我們將來的合作絕對是非常有幫助的。」

「恩，我知道了。」蘇建斌沒有拒絕，只是淡淡的說著。

李成順聽到蘇建斌肯幫他，馬上又補了一句：「只要董事長肯幫我，晴陽建設要的砂石、土地都不是問題。」

「我知道了。」蘇建斌還是冷冷的回應之後就掛掉了電話。

只不過就在電話掛掉之後，坐在車廂裡面的蘇媽媽緊張的問：「是李董事長嗎？」

蘇建斌瞪了自己的老婆一眼：「他還沒當董事長，不要亂講話。」

「你怎麼這麼說？你剛剛不是答應幫他？」蘇媽媽一臉疑惑的問。

蘇建斌把電話收回西裝口袋的內側：「我只說知道了，沒說會不會幫，男人的事，女人不用管。」

「你怎麼這樣？好歹我們跟他吃過飯，而且你自己不也說了，這是一種投資，難道就這樣血本無歸？」蘇媽媽有點急了。

蘇建斌用嚴肅的眼神看著自己的老婆：「妳冷靜一眼，我知道妳不喜歡陳仕鵬，急著想讓他們離婚，但是妳搞清楚，生意是生意，女婿是女婿。」

「你別當我不知道，你不救他，他就死定了。」蘇媽媽不高興得提高音調。

蘇建斌也動怒了：「死了就死了，畫面都曝光了，這次的事情，如果能不要把我們拖下水，就已經是賺了，妳給我清醒點。」

蘇媽媽被吼的坐在椅子上有點不知所措：「不能……不能操作成被抹黑的嗎？」

「抹黑？呵，那些影片是真的還是合成的，查下去就知道了，這個世界沒有非誰不可，先不要說義聯的敵人，就說他們內部，又有幾個真的服李成順？」接下來蘇建斌對司機下令：「開車，回家，哪也不去。」

另外一邊，電話掛掉之後，林倩倩擔心的問：「怎麼樣？蘇董事長怎麼講？」

李成順朝旁邊吐了一口口水：「媽的，當我不知道，敷衍我，老狐狸而已。」

「怎麼辦，如果連他都不幫我們……」林倩倩擔心的縮起身子，

李成順不高興的大吼：「慌什麼，我他媽都還沒怕，妳怕個屁阿。」

林倩倩低著頭沒講話。

李成順拿著手機，表情非常嚴肅的快步走到外面去接電話。

林倩倩則是看著李成順的背影，深邃的眼瞳中，出現了一絲異樣。

此時此刻，還是蘇晴家的餐桌上。

難得除了陳仕鵬之外，蘇建斌還有蘇媽媽都一起坐在飯桌上。

他們四個很少一起吃飯，至少這整年下來的聚餐次數，少的可以用五根手指頭就算出來，尤其是在蘇晴的屋子裡一起吃飯，幾乎沒有。

餐桌上，四個人都沉默著。

蘇晴溫柔的幫自己丈夫夾菜。

蘇建斌長長的吐出一口氣。

這飯桌上的氣氛，瞬間凝結。

宛如暴風雨來臨前的寧靜。

沒有人在意桌上的菜餚，也沒有人有心情動筷子。

一種說不出來的沉重，在這個家不斷蔓延、擴散，就好像外面的風雨，儘管關上了窗，他們一樣打的玻璃隆隆作響。

「仕鵬，今天找你來，就是希望我們能夠好好的談這件事情，你跟蘇晴之間還是到此為止吧。」終於，蘇建斌打破了沉默。

蘇晴馬上看著自己的父親：「爸？」

陳仕鵬呼吸變得急促，他指著窗外就說：「難道就為了那個不知道能不能當義聯代表的傢伙？電視台都報說他是個殺人兇手了，你們還打算把晴晴嫁給他？」

蘇建斌非常沉穩的說：「不只是他。」

陳仕鵬這一段時間以來的壓抑，在這時候通通爆發了，他用力拍了一下桌子：「蘇建斌，尊敬您才喊您一聲爸，但是蘇晴是我的妻子，我們愛著彼此，你沒有權力剝奪我們的婚姻，那個李成順根本就不是什麼好東西，周玉龍根本就是他買兇殺掉的這件事情已經人盡皆知，你還要這種人當你的女婿，你就不怕有一天他連你也賣掉嗎？」

「不要說了、不要說了。」蘇晴兩手摀著耳朵。

但是蘇建斌站起來剽悍的說：「我說了不只。」

「不只？那還有什麼？你說阿、說阿。」陳仕鵬幾乎是歇斯底里的咆哮：「我知道你對我不滿意很久了，但是我沒有做什麼對不起你的事情，沒有。」

蘇建斌也提高了音調：「是阿，你沒有對不起我，你對不起的是我女兒，你跟那個女生開房間的時候，想過我女兒嗎？你跟那個女生進摩鐵的時候，想過你還愛著蘇晴嗎？」

全場安靜。

就連蘇晴也看著自己的父親，眼神裡充滿了問號。

陳仕鵬啞口無言的坐下。

蘇建斌從公事包裡拿出一個牛皮紙袋，然後他將紙袋裡的照片通通拿出來，直接甩在陳仕鵬臉上。

「嘩啦。」滿天的照片飛舞。

照片裡面的男主角是陳仕鵬，女主角是周筱薔。

那一天，陳仕鵬戴周筱薔去開房間的照片，儘管只拍到車子進出溫泉會館，但是那車號很清楚就是蘇晴的車。

「這只是車子的照片……。」陳仕鵬想狡辯。

但是蘇建斌抓著一疊厚厚的照片，一張一張扔在陳仕鵬面前。

像落下的樹葉般。

一張又一張的飛揚。

在人聲鼎沸的餐廳裡、燒烤店裡，陳仕鵬霸氣的摟著周筱薔，陳仕鵬囂張的嘴臉，勝利者的驕傲，然後吻著周筱薔，豪不避諱旁人眼光將舌頭伸進周筱薔的口中搜刮勝利津液，像在牽一條寵物般拉著周筱薔的模樣。

陳仕鵬簡直不敢轉頭去看蘇晴一眼，百口莫辯。

## 39

蘇建斌冷笑著：「你住我的房子、開我的車子、睡我的女兒，這些我都可以不跟你計較，但是你憑什麼對不起我女兒。」

陳仕鵬緊抓著桌巾：「你、你跟拍我？」

蘇建斌點頭：「跟你很久了，你那些狗屁倒灶的事情我本來不想在我女兒面前給你抖出來，但是既然你問了我就告訴你，李成順是個畜生，他殺人自然會有他的報應，但是我也不會讓我的女兒跟你這種人在一起，因為你也是個畜生。」

陳仕鵬根本回答不上來。

蘇建斌雙手插腰：「你們離婚吧。」

陳仕鵬看著蘇晴。

蘇晴抿起嘴一句話都講不出來，其實她也很清楚，只不過如果不是蘇建斌來捅破這一層窗戶紙的話，她根本就沒有勇氣跟陳仕鵬翻臉。

蘇建斌坐下來，他冷冷的說：「明天我會讓律師事務所的人去你們家，你們把手續辦一辦。」

陳仕鵬用力把桌上的杯子往牆上一砸，「磅。」

大家都看著他。

陳仕鵬指著蘇建斌：「我知道你看不起我，我事業上沒有你有成就，我認了。」

陳仕鵬接著指著蘇媽媽：「我知道妳也看不起我，甚至是我爸媽，每一次吃飯總是想盡了辦法要介紹對象給蘇晴，儘管她已經跟我結婚妳還是這樣，而且酸言酸語的不斷攻擊我爸媽，我要告訴妳，妳也沒有多了不起，眼睛不用一直長在頭上，如果不是因為妳嫁了一個有錢的老公，妳跟我一樣，什麼都不是。」

蘇媽媽萬萬沒想到陳仕鵬會把矛頭指向自己。

陳仕鵬沒打算讓蘇媽媽講話，最後指著蘇晴：「老婆，妳很溫柔，但是妳讓我喘不過氣，妳知道嗎，每一天回家都是吃飯、洗澡、睡覺，妳衣食無缺，因為妳有一個好爸爸，但是我沒辦法在他的影子底下過日子，我喜歡騎機車，妳說騎車危險不讓我騎，我喜歡打電動，妳說那個東西玩物喪志不讓我玩，我喜歡收集公仔，妳說那些東西都是小孩子在玩的，所以把我的公仔通通扔掉，妳知道嗎？妳照顧的我無微不至，但是我就是一條沒有水的魚，會溺死的，妳知道嗎？」

陳仕鵬最後指著蘇建斌：「對，這件事是我的不對，所以離婚協議我會簽，但是我也把我想講的話講完了。」

話講完，他甩上包廂的門，大步跨出了飯店，簡直像打了一場仗一樣的虛脫。

蘇媽媽在他走掉之後鬆了一口氣：「天阿，哪有這樣的人阿，自己做錯了事情還振振有詞，建斌，還好你揭穿了他，不然我還不知道原來我們女兒到底過著怎麼樣的日子呢。」

蘇晴呆坐著，滿臉的淚。

蘇建斌一臉剛毅的看著門外。

也不知道過了多久，蘇晴抬起頭，擦去淚水，堅定地看著父母親說：「爸、媽，我說過了，我的事，你們不要管，我不是小孩子、不是小孩子了，為什麼你們就是不聽呢？」

蘇建斌冷冷地說：「妳是我蘇家的一份子，妳知道沒了義聯，公司已經走在危險邊緣了嗎？」

蘇晴看著蘇建斌：「所以呢？」

蘇建斌冰冷的說：「妳趙叔的兒子雖然已經結婚了，但是我知道他對妳一直都很有意思，妳也知道，那塊地的事情，妳趙叔也有一些門路，而且他對那個媳婦一直都很不滿意。」

「爸！」蘇晴提高了音量。

「老趙有辦法？太好了。」而蘇媽媽則是趕快安撫蘇晴：「晴晴不要哭，不要為這種人掉眼淚，光是妳那一對山茶花耳環，就夠抵他兩年的薪水，這傢伙憑什麼跟我們叫囂，是吧？晴、晴晴……妳的耳環呢？」

那是林倩倩救了吳建一的隔天晚上。

在基隆港外海的港口邊，蘇晴把一對山茶花耳環脫下來，交給了船老大。

船老大的手掌粗糙不堪，厚實的老繭，接下蘇晴的耳環。

吳建一縮著身子，穿過蘇晴身後說了一句：「謝謝蘇姊。」

蘇晴淡淡的說：「放心，仕鵬答應過你的，一定說到做到，而且倩倩也讓我照顧你，你就安心吧。」

吳建一趕快躲進船艙裡面。

船老大看著這對耳環就說：「這玩意兒真的值兩百萬？」

蘇晴還是那一派優雅的樣子：「只會超過。」

船老大半信半疑地收下：「那我什麼時候可以開船？」

蘇晴看著遠方：「耳環有一對，所以當然是要再等一個人，如果半小時之內沒人來，那就可以開船了。」

船老大看了看手錶：「半小時？好好好，就半小時，多一分鐘都不等喔。」

蘇晴點點頭：「放心，他會來的。」

說完之後，蘇晴轉身離開。

船老大蹲在碼頭邊抽著菸。

吳建一就像一隻驚弓之鳥般縮在船艙內的角落，他緊緊握著手中的那把生魚片刀。這把刀，彷彿是他的浮木，不管怎麼樣，只要有這把刀在，就沒人可以傷害他。

「船老大、是哨子的船嗎？」突然，一個熟悉的聲音在碼頭邊響起。

船老大拉長了脖子。

吳建一也拉長了脖子。

碼頭邊，一個男人縮著身體靠過來。

吳建一沒聽到這男人跟船老大說了什麼，他只是突然聽到自己項圈裡面傳來一個聲音。

是留言。

林倩倩的留言。

「建一，到菲律賓之後，從宿霧下船，到時候會有人接應你，放心，倩姐不會丟下你不管，有空就會過去看你，然後感謝你跟我說李成順的事情，這個男人敢背叛我，下次如果有機會見到他，殺了他。」

留言說完，吳建一脖子上的項圈，燈亮起來。

碼頭邊，船老大搜完男人的身，確定沒有帶武器之後，他讓男人上船：「上去吧，船資有人付了，快走快走。」

男人拉開船艙。

吳建一抬起頭。

當下，就看李成順的表情，訝異地看著船艙裡面的吳建一：「你……？」

吳建一脖子上的項圈，發出幽微的光芒，他握緊手中的刀，突然撲向李成順。

而在碼頭邊的車子裡面，蘇晴關上車窗，隔絕了夜晚海面上的慘叫聲。

還有疾馳而來的警車車燈。

車子裡，悠揚的放著大提琴的音樂。

副駕駛座的林倩倩點了一支菸，遞給蘇晴。
蘇晴接了。
林倩倩看著蘇晴：「值得嗎？」
蘇晴淡淡的說：「東西壞了，修補就好，換新的不一定比較好，更何況，我認為修補過的關係，會更牢固。」
林倩倩嘆了一口氣：「我不這麼認為，瓶子摔碎了，就算黏回去，裂痕依然會在，背叛我的男人，就該死。」

## 40

那是林倩倩救了吳建一的當天晚上。
林倩倩家的門鈴響了。
站在門口的，正是蘇晴。
這其實已經不是兩個女人第一次見面了。
早在陳仕鵬見林倩倩的更早之前，蘇晴就找上了門。

一個做事天衣無縫，幾乎把自己男人想法、行蹤都控制在掌心中的女人，又怎麼能夠容忍自己老公刷掉這麼大一筆錢，然後完全沒跟她交代，她也真的不去追蹤與查探呢。

所以李成順打算娶蘇晴的事情，林倩倩一直都知道。

林倩倩怒火中燒，但是這一把怒火，在溫柔的蘇晴面前燒不起來。

蘇晴給了她兩條路，一條是修補她跟李成順的關係，另外一條是讓背叛她的男人付出代價。

林倩倩本來還在懷疑蘇晴的話，但是當他看到吳建一的錄影畫面之後，毫不猶豫選了第二條。

對林倩倩來說，李成順她養了好幾年，她不僅為他出謀劃策，甚至吸收吳建一，暗殺周玉龍幫李成順打下大好江山。

現在李成順快得天下就打算棄了她，林倩倩無法接受。

所以林倩倩不僅把屋子裡的影像檔交給蘇晴，還奉送上竹宴酒店的。

但是她沒想到的是，蘇晴拿到影像檔之後，不但沒有告發李成順，甚至還把影像檔放回李成順的電腦裡。

林倩倩一臉不解地看著蘇晴。

蘇晴只說一句話：「這些影像，我會想辦法讓它去該去的地方，現在妳只要幫我看好，然後電腦不要上鎖，這樣就可以了。」

林倩倩看不透蘇晴。

直到幾天後，陳仕鵬開著車，載著他們一家到屋子來，然後躡手躡腳的爬上二樓偷這些影像檔的時候，林倩倩終於明白蘇晴的用意了。

這女人繞了這麼一大圈就是為了要餵球給自己的男人，還做到天衣無縫、神不知鬼不覺，讓這男人以為是自己膽大心細才揮出這全壘打的一擊。

但是實際上，從安排飯局到讓陳仕鵬當司機，從鬆散的戒備到沒上鎖的電腦，陳仕鵬之所以能拿到這些影像，根本就是蘇晴安排好的。

為了掩護陳仕鵬，林倩倩把自己打扮得很漂亮，還特別穿上了李成順送給她，只有在特殊節日她才會穿上的丁字褲，然後適時的出現在書房門口，阻止了李成順發現陳仕鵬。

李成順下樓以後，林倩倩打了一通電話。

電話是打給季叔的。

「季叔，薔薔我會負責照顧，但是幫我發義聯的追殺令。」

「追殺令，妳要追殺誰？」

「李成順。」

「順子？阿現在是對還不對？妳們兩個小倆口吵架，不要牽拖到會裡來。」

「季叔，不是吵架，總之你很快就會知道發生什麼事了。」

☘

車子，停在學生宿舍樓下。

自從蘇建斌把那一堆陳仕鵬跟周筱薔的照片甩在他面前之後，蘇晴已經好幾天沒看到陳仕鵬了。

不過蘇晴知道陳仕鵬在哪裡，所以她下車之後，看了學生宿舍一眼，然後整理了自己的耳環、妝容，最後慢慢地走上樓。

站在被隔了好幾間隔間，門口堆滿鞋子的學生宿舍外面。

接著她就毫不客氣地拿出備份鑰匙，開門。

門被打開的一瞬間，周筱薔用一種完全不可置信的訝異表情看著蘇晴。

蘇晴淡淡的說：「知道我是誰嗎？」

周筱薔低著頭，說不出話。

蘇晴補了一句：「我是仕鵬的太太，蘇晴，妳好。」

周筱薔完全不知道該怎麼反應，只是退了一步，用一種非常複雜的眼看著蘇晴。

蘇晴淡淡的說：「這段時間仕鵬謝謝妳照顧了。」

周筱薔想說話，但是蘇晴沒給他機會。

蘇晴直接從皮包裡拿出一隻驗孕棒，放在桌上。

棒子上，兩條線。

周筱薔啞口無言，彷彿她準備了很久的話，一句都派不上用場，蘇晴的驗孕棒，直接把她給殺的丟城割地。

蘇晴淡淡的說：「我跟仕鵬，大學就認識了，我們一直想要一個孩子，但是一直要不到，現在他卻來了，我相信，這一定是上天給我們的禮物。」

周筱薔握緊拳頭，小心翼翼地說：「所以……。」

蘇晴又把話語權接過去：「所以我相信妳還年輕，將來也一定會遇到一個願意跟你共度風雨的男孩子，畢竟我們經過了這些，才有了法律的認可，女孩子年輕愛玩，玩個幾年都無所謂，但是要記得，該回頭的時候，要回頭。」

周筱薔還在掙扎：「但是陳仕鵬對我也……。」

話沒說完，蘇晴又接過去：「就是新鮮，我也理解，還是仕鵬有給過妳任何承諾？」

一句反問，周筱薔終於有說話的空間，但是她卻說不出來。

因為陳仕鵬的確從來沒給過她任何承諾。

蘇晴笑著，並且非常優雅的把手放在包包上，手指上那並不高貴，但是卻十分有份量與殺傷力的婚戒，不遠不近的擺在周筱薔面前：「其實妳是一個很純真、善良的女孩，將來我會讓林倩倩送妳出國念書，我們讓傷害就到此為止了，好嗎？」

聽到蘇晴這些話，周筱薔低著頭，她不斷思考著這一段時間以來發生的一切，尤其是這個蘇晴，直接開門進來，不卑不亢，不吼不叫，但是一根驗孕棒，又是一只婚戒，殺的周筱薔無言以對根本沒辦法反駁。

蘇晴溫柔且堅定地看著周筱薔：「如果仕鵬真的這麼愛妳，那我怎麼能懷孕呢？」

周筱薔還在掙扎著：「說不定，妳的那個是……是假的……。」

蘇晴淺淺一笑，從包包裡面拿出媽媽手冊放在桌上。

「驗孕棒可以是假的，手冊假不了吧？」

「如果我……我不答應呢？」周筱薔別開臉不想面對：「而且妳這麼有錢，什麼不能弄到。」

蘇晴嘆了一口氣：「如果妳不答應的話……那我想問妳，吳建一躲在竹宴廁所的時候，妳知道吧？」

頓時間，周筱薔猛的抬頭。

蘇晴淡淡的說：「其實從妳開門那一刻我就知道，我們是同一種人。」

「妳……妳說什麼？」周筱薔訝異的看著蘇晴。

蘇晴淺淺一笑：「我在仕鵬手機裡面裝過定位，妳也在吳建一手機裡面裝過定位吧？」

周筱薔低下頭，表情鐵青。

「我們都用柔弱包裝控制慾，只是妳年紀更輕，男人更願意為妳賣命罷了。」蘇晴嘆了一口氣：「等妳到我這個年紀妳就會知道，女人能做的很多，甚至有些時候，賣弄自己的身體，只是最簡單粗暴的手段，唉……說到這個，其實我做的也還不夠好……。」

周筱薔愣了一下。

沉默的空氣，流通在兩個女人之間。

也不知道過了多久，周筱薔努力的說：「但是至少……至少現在仕鵬是……是愛我的。」

「鑰匙，是仕鵬給我的，有些話他沒辦法對你說，沒關係，我來說。」蘇晴又給了周筱薔強而有力的一擊：「而且妳說他愛妳，五年之後呢？十年之後呢？就算他還愛妳，妳自己能過得去嗎？」

周筱薔終於迎向蘇晴的目光：「什麼意思？」

蘇晴笑著：「妳能放下吳建一被他送進監獄這件事情，妳能放下當他埋伏在廁所裡，妳明明知道，卻不跟自己爺爺說的愧疚感嗎？」

「我、我有什麼放不下！當年要不是他，要不是他的話……」周筱薔眉頭深鎖，咬牙切齒的握緊拳頭。

「說的真好。」蘇晴牽起她的手，溫柔的說：「所以妳是一個這麼美好、漂亮的女孩子，妳不該活在仇恨裡面，妳值得擁有更美好的愛，更完整的人生，不是嗎？」

「呵。」周筱薔反問著：「那妳呢？妳就能放得下？說這麼多，妳來找我的目的是什麼？事情走到今天，難道妳還想挽回妳老公？」

蘇晴笑著摸摸周筱薔的頭，然後牽起她的手，緩緩放在她自己的項圈上。

「來，把項圈摘下來，讓所有的事情都重新來過，妳還有大好的青春。」

周筱薔看著蘇晴：「妳知道這是什麼？」

蘇晴點點頭：「打從仕鵬花了一筆錢買妳的搖控手機的時候我就知道阿，而且我也找了當時研發這個東西的團隊，向他們詢問這個東西的功能，呵呵，有時候錢真的很好用。」

「那妳還讓他跟我……。」周筱薔不可思議的看著面前的女人：「難道那一天，我在妳家浴室、妳也……？」

「男人就是這樣，玩過了再回家，才不會老想著沿路的風景。」蘇晴沒有正面回應這個話題，只是打斷了周筱薔的話，並且撫摸著她的臉龐：「我猜，妳也不會想留著當時沒有及時告訴妳爺爺的記憶吧？殺人兇手……妳可是共犯。」

「我……。」周筱薔愣住：「只是……。」

「只是從小被周玉龍控制，妳的第一個主人，就是他，我說的沒錯吧？」蘇晴笑著。

周筱薔低下頭，看著自己的雙手。

蘇晴補了最後一句：「薔薔，周玉龍已經死了，沒有人會緬懷那個人渣，除了妳。」

周筱薔低下頭，眉頭深鎖著。

蘇晴伸手，緩緩地握住了周筱薔的手。

周筱薔看著蘇晴。

蘇晴說：「只要妳不放手，他就永遠活著，難道妳真的一輩子都想活在那個人渣的回憶中嗎？讓我們忘了這一切，好好的重新開始，好嗎？」

蘇晴，什麼都知道，什麼都沒說。

周筱蕾看著她，這女人，不只把什麼都算到了，也把什麼都做完了，甚至還容忍了這一切，直到現在，此時此刻她完全沒打算給周筱蕾任何一絲絲的話語權。

不用反駁、不用解釋。

明著看是動之以情，但是實際上，蘇晴沒說出來，周筱蕾也聽出來的弦外之音是，本來可以給她最大任性本錢的義聯，無論是土龍還是毒蠍都倒了。

周筱蕾雖然沒了後台，但是她也同時不再需要受制於義聯這個後台。

蘇晴已經幫她把綁在脖子項圈上的那條牽繩剪斷。

恩威並施，不容置喙。

也不知道過了多久之後，宿舍門再次被打開了。

是陳仕鵬。

陳仕鵬站在門口。

蘇晴露出燦爛的笑容，看著陳仕鵬：「老公？」

陳仕鵬完全沒想到會在這裡看到蘇晴，他啞口無言的看著兩個女人。

蘇晴就像個小女孩一樣，拿著一個項圈，然後蹦蹦跳跳的走到陳仕鵬面前。

陳仕鵬咬牙切齒地看著蘇晴，接著他立刻把頭轉過去看著周筱蕾。

周筱薔的眼神空洞看著陳仕鵬，就像在看一個陌生人那樣，她的脖子上已經空空如也，沒有任何的項圈了。

蘇晴燦爛的笑著，她摟著陳仕鵬。

陳仕鵬一把想把蘇晴推開：「妳……妳怎進來的？」

蘇晴下意識握緊了手中藏了鑰匙的皮包：「當然是筱薔讓我進來的阿，因為我……」

當下蘇晴把驗孕棒拿出來，放在陳仕鵬面前晃著。

陳仕鵬完全無法置信地看著眼前這溫柔的妻子。

蘇晴慢慢的，把周筱薔的項圈，往陳仕鵬脖子上一掛。

陳仕鵬伸手就要把項圈摘下來。

然而蘇晴溫柔的說：「之後我會送薔薔出國，然後如果你願意，我有辦法幫你對付我爸媽。」

陳仕鵬愣住。

「老公，只要把項圈摘下來，就會忘記戴著項圈時發生的一切，這是不可逆的，她現在已經忘記你了，你就算重新把項圈戴回去也沒用。」蘇晴兩手環在他脖子上：「人家的第一個命令是，跟我回家。」

陳仕鵬握緊拳頭，咬牙切齒地看著天花板：「就算是這樣，我也不會跟妳回……。」

話沒說完，蘇晴那天真無邪，澄澈的眼眸卻看著陳仕鵬說：「放心，從今天開始，我爸媽再也給不了你任何屈辱，相信我，跟我回家，你不是一直想要我爸對你刮目相看，我都安排好了喔。」

蘇晴，就是一個這樣的女人。

面面俱到，把一切都安排得絲絲入扣，她既然敢來找周筱蕾，表示她有必勝的把握，不只對周筱蕾，同時也是對陳仕鵬。

## *41*

這是陳仕鵬第一次到晴陽建設，雖然他跟蘇晴結婚、交往了很長一段時間。

但是因為蘇建斌不喜歡他，所以陳仕鵬從來也沒踏足過晴陽建設的辦公室大樓，最多就是在樓下接蘇晴上下班。

蘇晴也知道陳仕鵬不喜歡這裡，所以她從來也沒有要求陳仕鵬必須上來。然而這一次，蘇晴挽著陳仕鵬的手，在所有員工訝異的目光下，她直接帶著陳仕鵬上七樓。

然後也不等祕書通報，直接讓陳仕鵬進到蘇建斌的辦公室。

此時此刻的蘇建斌，雖然仍舊穿著西裝筆挺，但是他就是一頭已經受傷的猛獸，李成順的垮台，也就等於直接宣告義聯工程跟晴陽建設的合作破局。

而蘇建斌為了這次的開發案已經投入太多資源了，如果這個案子失敗，幾乎可以直接把晴陽建設給拖垮。

只能說一山還有一山高，晴陽建設是有規模的建設公司，但是在建設公司當中，公司體卻並不是特別大的一艘船。

所以當他跟趙經理通完電話後，趙經理不但獅子大開口，還對蘇晴展現出高度興趣，蘇建斌有了這次事件之後，他公司與家庭不死也半殘的體悟。

而陳仕鵬就在這時候進來。

如果是平常，這行為根本就是往槍口上撞。

偏偏今天的陳仕鵬在蘇晴的陪同下，彷彿一點都不怕他。

「你們來做什麼？」蘇建斌不假辭色的問著。

蘇晴笑著坐下來：「爸，你不用擔心，仕鵬這邊有一些資料，想讓你看。」

「我什麼都不想看……。」蘇建斌情緒非常不好的一邊說著，一邊把即將爆發的目光投向陳仕鵬，這個沒有用的女婿，如果是平常，看到他這樣的目光，這男人應該就會立刻像陰溝裡的老鼠那樣抱頭躲藏。

但是今天陳仕鵬脖子上的項圈，散發著幽微的光芒，他沒有退縮，面無表情地把手上資料往桌上一放。

蘇建斌光是看到那份資料開頭幾個字就馬上站起來，因為這份資料就是他跟李成順合作，一直需要的那塊土地的地契。

蘇建斌從辦公桌後面走出來，瞪大眼睛看著陳仕鵬。

蘇晴則是笑著說：「我不是一直都有說，仕鵬是很有能力的，只要爸肯給他機會。」

陳仕鵬就像機器人一樣，面無表情地拿起手機，快速撥了一個號碼，然後將手機轉為擴音，放在桌上。

電話的另外一端，接起來的是一個女生。

林倩倩的聲音傳來：「仕鵬嗎？我是倩倩，我聽蘇晴說你們需要一定數量的砂石對嗎？好像是晴陽建設的建案？」

陳仕鵬沒說話，只是看著蘇晴。

蘇晴則親切的說：「是阿，其實就是之前李成順跟我爸談的案子，倩倩，妳能接手嗎？」

「那有什麼問題。」林倩倩笑著：「只要晴陽建設能夠按照之前的條件給我們，那合作案還是可以繼續的呀。」

蘇晴笑了，陳仕鵬看著蘇建斌的表情，蘇建斌則是從本來沮喪、憂愁的模樣，逐漸變成了興奮與激動。

蘇晴繼續說：「那沒問題，我們合作愉快？」

林倩倩：「合作愉快，但是先說好，我是衝著仕鵬的面子才跟你們合作，畢竟我們之前有過交易的信任基礎，那如果由你們代表晴陽建設的話，窗口是不是一直都是陳先生，這個條件蘇董事長能同意嗎？」

就在這時候，陳仕鵬抬頭看著蘇建斌。

陳仕鵬非常直接的說了一句：「爸，說話。」

蘇建斌愣了愣，印象中，陳仕鵬沒有這樣命令過他。

雖然蘇建斌對於陳仕鵬的口氣不是很高興，但是這種時候，他只能把自己的情緒放下，就像那天在溫泉池裡面的李成順一樣，面對一絲不掛的蘇晴，他能壓抑克制自己的慾望。

今天蘇建斌也可以，管他有多瞧不起陳仕鵬，管他陳仕鵬到底是怎麼搞來林倩倩的合作案，管他之前有多少瓜葛矛盾，此刻的蘇建斌立刻回應：「我是晴陽建設代表蘇建斌，請問你是哪位，能代表義聯工程跟我們談合作相關事宜嗎？」

電話的另外一端。

林倩倩的屋子裡面，林倩倩坐在沙發上，旁邊坐了季叔還有義聯企業社三代堂主以下的各處會長。

在眾多牛鬼蛇神般的男人圍繞中，除了林倩倩之外，還有眼神跟陳仕鵬一樣空洞的周筱薔。

林倩倩看了季叔一眼，接著就對電話說：「放心，義聯工程的季叔在場，我目前是代理董事長的身分，只要晴陽建設給我們的利潤是合理的，那我可以代表義聯工程跟晴陽建設簽約。」

林倩倩說這句話的時候，在場沒有一個人反對。

畢竟就算是黑道，利益，仍就是最高準則，誰能帶領幫會養活眾人，誰就是老大。

最後，電話掛掉。

林倩倩輕撫著周筱薔的頭髮說著：「各位叔叔伯伯放心，薔薔的將來我一定會照顧好，下學期開始就送她出國留學。」

季叔輕咳一聲，對著所有人說：「既然倩倩能扛得起會裡的大旗，那我的意思是讓她做做看……。」

話沒說完，現場就有小小的聲音傳傳出來「可是她是女的……」。

季叔冷冷的眼神掃視過去：「武則天也是女的阿，做的不好嗎？誰再有意見，自己出來談，那批土方在座如果有人能賣的比倩倩更高價，我直接閉嘴。」

現場一片沉默。

季叔非常客氣的拍拍林倩倩肩膀，肥厚的手掌，有意無意的在林倩倩肩膀上搓揉了一下：「倩倩，義聯工程的未來，就交給你了，在場有誰有意見，讓他找我。」

林倩倩不僅沒有拒絕季叔的手，甚至還非常識趣馬上挽著他的手臂，把頭靠在季叔肩膀上：「謝謝乾爹。」

義聯的所有人，紛紛把臉別開，眼角餘光，死死的盯著林倩倩跟季叔。有進項的財源、有幫中的高層，而且誰不知道她本來就是幫毒蠍撐腰金援的女人，因此不管誰有意見，此時的他們，一句話都不敢吭。

而晴陽建設的辦公室裡，掛掉電話之後。

本來對陳仕鵬不假辭色的蘇建斌訝異的看著他。

而蘇晴則是對陳仕鵬說：「老公，你不是要跟爸解釋那天照片的事情嗎？」

陳仕鵬面無表情的說：「爸，那天的那些照片，其實單純是我跟女同事到汽車旅館唱歌，我們一起進去，包廂裡面有很多人，不是只有我們兩個……。」

蘇建斌愣了一下，笑著看蘇晴。

陳仕鵬還接著往下說：「還有那個項圈什麼的，也是我們通訊處的遊戲，業績最好的，可以把業績最差的套項圈，剛好那個女同事業績最差，就只有這樣，你也知道，保險業就是要大膽……。」

這解釋，荒唐又誇張。

但是蘇建斌只是愣了一下，之後仰頭大笑：「哈哈哈哈，我知道、我知道，我女兒是什麼等級的美女，怎麼可能有人會不愛她呢，是吧？」

蘇建斌完全沒有了平常的冷漠與驕傲，他當下摟著陳仕鵬跟蘇晴，然後直接把滿桌子的文件往天花板一扔。

蘇晴則是把驗孕棒放在桌上：「爸，你要做爺爺了，你就不要再操心公司的事，有我跟仕鵬呢。」

蘇建斌用力摟著陳仕鵬：「難怪晴晴一直支持你，能被我女兒看上的男人，絕對不是簡單的人物，哈哈哈哈。」

陳仕鵬面無表情地轉頭看著蘇晴。

蘇晴深情的捧起陳仕鵬的臉，然後給了他一吻。

陳仕鵬則是落下淚水，脖子上木偶人項圈閃爍著幽微的光芒。

蘇晴小聲地說：「親愛的，這個感覺很美妙吧？放心，只要有我在，再也沒有人能欺負你，就連我爸也不能，但是你不能離開我，永遠都不能。」

陳仕鵬也小聲地說：「摔碎的東西，還能補回去嗎？就算補回去，不會有裂痕嗎……。」

陳仕鵬問出了跟林倩倩一樣的話。

而蘇晴也依然回答了當時的話：「當然可以，而且黏回去之後，只會更加堅固，而且別忘了項圈的規則喔，如果你把它摘下來，可就再也感受不到我爸臣服的嘴臉了，這種滋味，你捨得只嘗一次嗎？以後還有我媽呢。」

陳仕鵬深吸一口氣，他低頭看著蘇晴：「我們的裂痕，早就把信任給撕裂……。」

話沒說完，蘇晴已經燦爛的笑著打斷他的話：「婚姻本來就是吵吵鬧鬧的，放心，我會欣賞你人生每一個時期，包括裂痕，我也會一併接受，並且深愛著。」

陳仕鵬看著她的雙眸，語氣顫抖且畏懼著：「妳為什麼能夠做到這種地步……。」

蘇晴靠近陳仕鵬耳邊，笑著用專屬於兩個人才能聽到的聲音說：「老公，不是你說的嗎……因為蘇晴是賤貨阿，而且是生下來就要被陳仕鵬幹的賤貨，專屬於陳仕鵬的喔。」

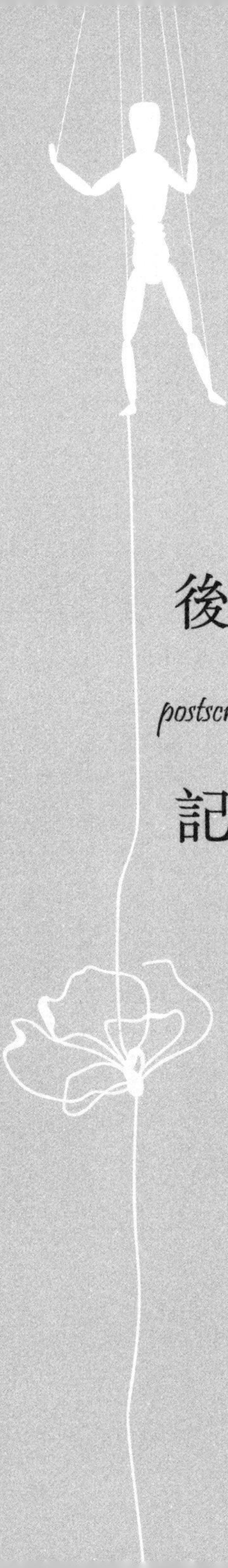

# 後記

*postscript*

我完全沒想到有寫這本書後記的一天。

因為這本書的創作時序跨度非常大，我記得這本書最初開稿是二〇一四年，因為在這之前，我覺得自己一直都是以本能跟天賦在寫小說，這意味著我的創作沒有方法或者訓練模式可循，而對於小說創作來說，我也看了許多前輩的訪談與討論，發現大家都說小說很難有一個具體的方法可以用來教學，但是我還是想要嘗試著尋找與小說創作相似的課程來參與，我認為那有可能是劇本創作。

二〇一四年，我離開台中，到台北參加編劇班，開始學習寫劇本，記得編劇班結業時需要繳交作業，所以我就動筆寫下這個故事，也因為起心動念不同於以往我所熟悉的華文玄幻小說類，畢竟玄幻、奇幻的輕小說，某種程度上需要更多的去顧慮年少讀者的族群，因此我決定挑戰一下我一直不敢挑戰的成人、情慾、人性與黑暗面這樣的類型。

在劇本完成以後，我一直在想，其實劇本跟小說的創作方式區別不大，那既然我已經有一個故事了，有沒有可能用這個故事的劇本，去撰寫成小說？

所以我在將作品轉換之後，有了第一版的故事內容，也因為本來是劇本的形式，所以有很多橋段跟劇情都是為了影視化而作考量，如果現在回頭去看，這作品或許也可以算是正式意義上轉型的第一部作品吧。

只是故事寫完之後，這部描寫兩性之間慾望的作品，可能除了「木偶人」這個設定之外，其他的故事內容，並不這麼具有商業化的元素，加上這也不是我一貫的創作路線，所以嚴格說起來，我並沒有特別想說將這部作品發表出版之類的，當時我也很難想像這個作品，被年齡層比較輕的讀者看到，他們會有什麼樣的反應。

所以這故事，一直就被我雪藏在自己的資料夾中，而在這十年中，每一次只要學習到新的說故事技能，我就會加以轉換之後，拿來用在這部作品上，好比說什麼劇本技巧的三幕劇啦、故事劇情的十五個轉折之類的東西。

畢竟我本來就是網路小說出道，所以每一次寫完之後，我就會把這作品發到網路上，看看讀者對於這作品的反應，所以要是有讀者曾經看過類似的內容，那有可能是這十年間的某個時間點，我寫完後隨手發在網路上的版本，當然在我心中，這也讓這個故事一直處於一種未完稿、已發表的怪異狀態。（或許這也是網路小說可以有的特性吧，攤手。）

總之，這十年間我依然創作著輕小說、奇幻、玄幻等類型的故事，這個故事我就只是放在電腦裡面修修改改，然後慢慢把很多我以前想寫又不敢觸碰的東西，特別是一些比較……H（情色）的元素給描寫得越來越細節。

其實說到情色元素，就不得不說，這作品的情色元素在最一開始的劇本中只是點到為止，沒想到後來隨著我心境變化，也想說沒有要發表，就加入了很多性愛上的描述以及慾望的壓抑等等，畢竟我個人認為，性愛是兩性關係中，不可缺少的一環，而正常的性愛關係，更可以促進兩性之間的情感交流與發展，這邊要跟奉行無性關係的情侶們說個抱歉，我個人無法接受，哈哈。

好，總之我自己對於這作品的定位更像是一個每當我學習到新技能就會用來嘗試的故事，有點類似……磨刀石，或者新手村的木人樁吧。

結果因為跟華星娛樂合作的關係，後來這故事某個貼在網路上的版本，被華星娛樂的NICO看到了，接著這故事就一發不可收拾，因為在我們討論之後發現，其實慾望本就是人類不可或缺的一環，而創作是自由的，既然我對這個元素有興趣，也想創作一部關於慾望的小說，那何必閃躲壓抑，大可放手的將這部分的表現出來，直球對決。（……開大門走大路？）

所以我開始接觸許多BDSM的文章、訪談、側寫也好，發現原來有很多我有興趣卻不得其門而入，以及不敢觸碰的領域，對於很多人來說，是非常習以為常的一種興趣。

最終，我把這個故事給寫成這個樣子。

從最一開始只是一顆種子，接著發芽之後，慢慢長大，最終長成這樣，回頭去看看自己當時寫的劇本，突然有種……沒想到這部作品最終的樣貌是這樣的感覺。

繞了這麼一大圈。

本來是為了劇本寫這故事，結果沒想到後來還是寫成小說，而且最終還是以小說形式發表跟大家見面。

人家都說十年磨一劍，那幾乎是傾畢生心血於一爐，結果我也用了十年的時間，磨了這一把劍，只是我這把劍，好像是敲敲打打、毫無規劃，最後從爐子裡拔出來，赫然發現，疑？怎麼長成這樣？恩……這樣我好像很喜歡，希望你也會喜歡。

二〇一四年開稿，二〇二五年完稿，從沒想過，有一篇稿子我會真的一寫寫十年，想跟十年來的宴平樂讀者們說，感謝這十年的陪伴，願你歷千帆、歸來仍少年。

# 壹貳參，木偶人

作　者—宴平樂
經紀公司—華星娛樂
主　編—林菁菁
企　劃—蔡雨庭
封面設計—魚展設計
內頁設計—李宜芝

總 編 輯—梁芳春
董 事 長—趙政岷
出 版 者—時報文化出版企業股份有限公司
108019　臺北市和平西路 3 段 240 號 3 樓
發行專線—（02）2306-6842
讀者服務專線—0800-231-705 · (02)2304-7103
讀者服務傳真—(02)2304-6858
郵撥—19344724 時報文化出版公司
信箱—10899 臺北華江橋郵政第 99 信箱
時報悅讀網—http://www.readingtimes.com.tw
法律顧問—理律法律事務所 陳長文律師、李念祖律師
印　刷—勁達印刷有限公司
初版一刷—二〇二五年六月二十日
定　價—新臺幣三八〇元


時報文化出版公司成立於一九七五年，
並於一九九九年股票上櫃公開發行，於二〇〇八年脫離中時集團非屬旺中，
以「尊重智慧與創意的文化事業」為信念。

壹貳參，木偶人 / 宴平樂著 . -- 初版 . -- 臺北市 : 時報文化出版企業股份有限公司 , 2025.06
面；　公分
ISBN 978-626-419-473-0( 平裝 )

863.57　　114005476

ISBN 978-626-419-473-0
Printed in Taiwan